慶長三年醍醐寺の夜

（太閤夜話——明智光秀の巻）

今西 宏康

目次

太閤夜話――清水宗治の巻

高松城址

文禄元年（一五九二年）六月初頭、太閤豊臣秀吉は肥前名護屋の陣中にあった。二年前の小田原征伐と奥州仕置により日本国内の天下統一を果たした秀吉は、次の目標である大陸の征服、その第一歩としての朝鮮出兵をこの年四月より開始。猶子（ゆうし）宇喜多秀家を総大将に、西国の大名たちを総動員し十五万を超える遠征軍を渡海させており、自らも遠征基地である肥前名護屋に腰を据えていたのである。

「唐入り」と称して前年より周到な準備をしての遠征だけに小西行長、加藤清正らの進撃は目覚しく、たちまち漢城・平壌を占領するなど緒戦は破竹の勢いであった。そんなある夜、上機嫌の秀吉は名護屋城内の広い茶室に御伽衆や懇意の大名を招いて夜話の席を設けた。「夜話」と言えば「武功夜話」「甲子夜話」といった文書名でもあるが、文字通り夕餉（げ）の後の座興として茶などを飲みながら雑談を楽しむ席、というのが元の謂いである。

この夜招かれたのは秀吉と特に懇意の大名たちで、毛利の外交僧でもある安国寺恵瓊（えけい）、秀吉にとって最古参（尾張時代から）の従者の一人堀尾茂助吉晴、秀吉の主筋に当たる茶人大名織田有楽斎（うらくさい）、そして元山陰の名門ながら今は秀吉の御伽衆となっている山名禅高豊国（とよくに）の面々。大名以外では、長崎の豪商原田喜右衛門の他、御伽衆の常連である曽呂利新左衛門と祐筆の大村由己（ゆうこ）が下座に控えていた。

当時の六月といえば新暦で言えば七月、その初頭といえば九州では丁度梅雨も終わる頃だが、この夜は三日月が西空におぼろげに見えていた。さて今宵は何の趣向であろうかと気もそぞろな一座の空気を読み、茶人としても名高い有楽斎が気を利かして一服茶を点てた。

これは恐縮至極に存ずる…と最初に茶碗を受けたのは年長格の安国寺恵瓊。以下堀尾吉晴、山名禅高の順に碗が廻されてゆくのを眺めながら有楽斎は、

「利休居士がおられたら、さて、此度の戦勝を如何に評されたであろうか、近頃それがし茶を点てる度に懐かしゅう思い出されてなりませぬ……」

と、独り言の様に述懐した。前年秀吉の命により切腹した（とされる）千利休については、切腹の理由が定かでないだけに関係者一同強い関心を抱きつつもそのことを口外するのは憚られていた。そんな中で堂々と利休の名を口にできるのは、やはり秀吉の主筋に当たり今もどこかに信長の面影を宿す有楽斎なればこそである。

　一同返答に窮していると

「いやいや、宗匠様もきっと天で祝うていらはりますわ」

と曽呂利新左衛門が陽気に引き取った。

「唐入りには慎重なお考えであらはりましたが、それも恐らく殿下の御体を気遣ってのこと、ここまで天晴れな勝ち戦が続くとは思ておられなんだですやろ！」

利休と同じ堺の出である曽呂利は、座の空気を明るくするのが使命の様な男である。武野紹鴎門下の茶人として利休の後輩に当たり、彼を秀吉に引き合わせたのも利休であろう。しかし茶人としてではなくいわゆる幇間（太鼓持ち）の元祖として後世に名を残した。

　緊張がほぐれた所で御伽衆の筆頭格山名禅高が誰に言うとなく問いかけた。

「…いやそれがし先だって、利休殿を当地で見たという噂を聞いた。…もしやまだ利休殿は生きておられるのではござらぬか?」

「そらほんまでございますか?」

禅高に向かって曽呂利は明らかな作り笑いをした。……千利休が実は九州で隠棲しているという噂は確かにあったが、それも秀吉の前では話題にできなかった。表向きはあくまで切腹、とされていたからである。案の定そのあと禅高の問いに答える者は無かった。

　そうこうしていると太閤豊臣秀吉が小姓を従えて茶室に現れた。やはり上機嫌であった。

「皆々、待たせて相済まぬ。今宵は久々に有楽殿、恵瓊殿にもお出で頂き誠に祝着至極。朝鮮の戦も吉報続きで誠にめでたい。しかしこの所勝ち戦の祝い酒が続いてのう…一度酔い覚ましをせねばと思うて今宵の席を設けた次第！酒は無いが御所望とあらばすぐに用意致す故どうかごゆるりとなされるがよい……そうじゃ、喜右衛門、何か珍しい土産があるそうじゃの？」

　秀吉は長崎から祝いに参じていた豪商原田喜右衛門にまず話を振った。

「太閤殿下、今宵はお招き頂き光栄の至りに存じます。如何なるお話を承れますや、大そう期待しております。さてお集まりのお歴々には改めてご挨拶申し上げます、手前、長崎の商人原田喜右衛門と申します。此度の唐入りは事の外首尾よく運ばれまずは祝着、祝いの印に南方の珍菓を持参致しました。果たしてお歴々の嗜好に適いますや否や、心許なくはございますが、まずは一度ご賞味下さいませ」

　喜右衛門は今で言うパイナップルやマンゴーといった熱帯果実を砂糖に漬けて乾燥させた「珍菓」を献上していた。年の頃はまだ四十前であろう、若いが長崎を拠点に高山（台湾）、呂宋（フィリピン）との交易で巨利を獲ている気鋭の商人である（従来秀吉に対しては、朝鮮半島攻略の前に琉球、高山、呂宋を攻略すべしと説いていた）。秀吉はついでに訊ねた。

「喜右衛門、助左衛門とは仲直りしたのか？」

「いやなかなか…助左には長らく会っておりません」

「そうか…助左め、呂宋壺でわしに一杯食らわして以来姿をくらましたままじゃ。利休のこともあってわしを避けておるな……わしも堺の人間にはとんと嫌われてしもうたかの」

「とんでもございません！殿下、私めをお忘れなく…」

とよく通る声で上目使いに挨拶したのは曽呂利であった。

「おう、そなたも堺であったな…そなた、この先朝鮮まで付いて来てくれるか?」

「殿下のお供とあらば…三途の川も渡りまひょ！」

「はっはっ…また上手を言いおる！…」

と秀吉は哄笑した。まだ酒が残っている風情であった。


「ところで殿下、今宵の話題は何でありましょうや?」

秀吉の哄笑が収まった頃合いを見て恵瓊が質問した。その頃毛利の一族は当主輝元を筆頭に小早川隆景、吉川広家等多くが朝鮮に渡っていたが、外交僧恵瓊だけは御伽衆に混ざって秀吉に近侍していたのである。

「うむ、御一同…此度の唐入り、まずは滞りなく進んでおる。わしもいずれ渡海して明国まで攻め入る積もりじゃ！…じゃが、日の本のことがまだ心配でナ…」

秀吉はそこで少し口をつぐんだ。しかし言わんとすることは一座の全員に伝わっていた。有楽斎が皆の声を代弁して応じた。

「太閤殿下、鶴松君(ぎみ)のことは誠においたわしゅう存ずる。しかし殿下には関白秀次様はじめ数多(あまた)の御養子、御猶子がおられる。今となっては後を託すのはやはり彼(か)の方々をおいて他になかろうと存ずる。我等一同も微力ながら豊家をお支え致す所存。何、ご心配には及びませぬ」

秀吉の〝一粒種〟鶴松は前年八月わずか数え三歳で他界していた。秀吉の朝鮮出兵は、幼子(おさなご)に先立たれた悲しみを糊塗する意味合いもあったであろう。鶴松の生母淀殿の叔父に当たる有楽斎にとっても、織田の血を引く幼子の死は悲しむべきことであった。

激励を受けた秀吉は陽気な顔を取り戻し、いつもの人懐こい笑みを浮かべながら言葉を継いだ。

「なるほど有楽殿の申される通りである。じゃが長い戦国の世を見て来られた御一同なら、天下を統べることの難しさ、よく御承知であろう……。さて、今宵は御一同の本音をお聞かせ願いたい。有楽殿もどうか忌憚のない見立てを申されよ。何、座興の席であるゆえ難しゅう考えめさるな」

秀吉はそこで小姓に命じて一同に茶を接待し、自ら一口飲んだ後さらにこう言った。

「御一同、もし明日わしが突然他界したとしよう、さぁてわしに代わって天下の采配を執るのは誰になるであろうかの？」

秀吉は不敵な笑みを浮かべていた。


秀吉の唐突な問い掛けは座に沈黙をもたらした。それは無理もない、いくら〝座興の席〟とお墨付きを得ているとは言え、事が事である。時の最高権力者を前にして迂闊に口を滑らせる訳にはいかない。秀吉の性格を知り尽くしているであろう古参の堀尾吉晴などは、その真意を量りかねて不安気な視線を秀吉の口元に向けていた。笑みを浮かべつつ一同を見回していた秀吉は、吉晴と視線が合った途端思わず吹き出しながら叫んだ。

「ひゃっひゃっ、茂助！なんちゅう顔しとるだ！わしゃ座興じゃと言うとるだで！おみゃあはそいだで大大名になれんのだわ！」

秀吉は尾張訛り（なま）丸出しで吉晴をからかった。晩年松江二十四万石の「大大名」となる堀尾吉晴は実直さがとりえであった。秀吉とは尾張人同士という連帯感を共有できる古い間柄でもある。

次に秀吉は曽呂利新左衛門を指名した。

「これ曽呂利、うぬの出番じゃ」

こういう時の〝斬られ役〟が曽呂利であった。秀吉の意を汲んで曽呂利の曰く

「太閤殿下お隠れになったとしますと、恐らく心ある大名諸侯は皆追い腹を切られましょう。すると油断のならん御仁ばかりが残り、天下は大乱含みとなりましょう…つまるところ太閤殿下にこれからも末永う天下を治めて頂くしかございません！曽呂利はひたすら殿下のご長命を祈念申し上げるばかりでございます！」

曽呂利の歯の浮く様な追従は、この男にしては興が無かった。秀吉は、ふんと言っただけで格別喜ばなかった。

「恐れながら、殿下の代わりを勤められる御方となれば、やはりまずは加賀の前田公ではありますまいか…」

改めて口火を切ったのは堀尾吉晴だった。なるほど前田利家は秀吉が織田家の足軽だった頃からの朋友であり、細君同士も昵懇であることはよく知られている。秀吉は大きく頷きながら返答した。

「うむ…茂助らしい尤もな見立てじゃわ、犬千代なら誰も逆らいはすまい…じゃが油断ならん男がおろうが？」

秀吉に言われるまでもなく一同の念頭にはある大大名の顔が浮かんでいた。

「堀尾殿、御身が前田公を推される気持ちはよく分かるが、それでは片手落ちというものでござる。家康公を忘れてはなるまい、知行だけ見れば日の本一でござるぞ。小牧長久手の戦いをよもやお忘れではあるまい…」

思い切った発言の主は山名禅高豊国であった。天正九年、持ち城の鳥取城を捨てて単身秀吉に降った

男だが、鳥取落城後は秀吉への仕官を断り浪人となるなど、骨のある古武士でもある。その気骨と血筋を秀吉は買っており、今回の朝鮮出兵に際しては肥前名護屋城に特別に呼び寄せている。この禅高の発言に対し秀吉はすかさず曰く
「山名殿、さすがは〝六分一〟じゃわ、よう申された。三河殿（家康の旧称）こそ海道一の弓取り、わしも敬意を表さねばならん御仁じゃ。…じゃがな、油断ならんと申すは三河殿のことではないぞよ」
　秀吉は再び不敵な笑みを浮かべて一座を見渡してから
「恵瓊殿ならお分かりじゃろう?」
と隣りに控える初老の外交僧に視線を送った。
恵瓊は一座の視線が集まるのを見て一つ咳払いをした後
「…官兵衛…ですな?」
と応じた。すると秀吉はやおら扇子を高く掲げて曰く
「いかにも、黒田官兵衛よ!あやつは恐ろしい男よ。最初わしは弟の様に可愛く思うておったが、備中高松城攻めの時その本性を見せおってな……詳細は言わぬ、恵瓊から聞かれよ。とにかくわしが信長公の跡を取れたのも官兵衛の助言があったればこそですナ…あやつの知略は家康を遥かに超えておる!」
ここまで熱弁した秀吉は、ふと声の調子を下げ、今申したこと他言無用ぞと付言した。秀吉の赤ら顔には微妙に後悔の色が浮かんでいたが覆水盆に返らず、この話はまもなく黒田官兵衛孝高（よしたか）本人の耳に入り、その自発的隠居に直結している。

　秀吉の赤面が収まったのを見て織田有楽斎が話題を転じた。
「はてさて、殿下の中国大返し成功の陰に黒田官兵衛ありということはほぼ周知でござろう。しかしあの

時、備中高松城主清水宗治の切腹無かりせばそもそも殿下は中国路から動けませなんだ！ここが最も肝要でござる。殿下、宗治切腹の経緯をお聞かせ願えませぬか？」

秀吉は扇子で顔を仰ぎながら
「宗治か……あの男のことはわしも忘れられぬわ！恵瓊殿もそうじゃろう？」

と安国寺恵瓊に視線を向けた。

「あいや、拙僧にとっても清水宗治は終生忘れ難き武将でござる…」

隣りの山名禅高もこの話題に賛同して曰く
「殿下、それがしも今宵は備中高松城攻めと城主宗治のことを是非お聞かせ願いたく存ずる」云々。

秀吉は恵瓊に、続けられよ、と催促。恵瓊は滔々と物語りを始めた。


「各々方、そもそも太閤殿下と拙僧は、長らくそれぞれ織田家と毛利家の名代として駆け引きを続けて参った間柄でござる。さて毛利家にあっては、元就公の遺訓通り中国路の覇者としての領分を守り抜くことこそが正に至上命題でござった。なればこそ毛利としては織田との決戦は避け、三木城や上月城といった局地戦において極力時を稼ぐことを以て上策としておったのでござる。なにぶん当時毛利には、足利義昭公という稀代の策士が付いておられ、彼の御仁が上方で仕掛ける種々の工作によって信長公が忙殺されていたことも幸いでござった。真相はいざ知らず、あの本能寺の変にしても義昭公の、そして毛利の執念の賜物ではなかったかと拙僧には思われる。何しろあれで毛利は、そして太閤殿下も大いに活路を得たのであるゆえ…」

そこまで語って恵瓊は一口茶を飲んだ。秀吉が合いの手を入れた。

「御一同、構えて申しておくが、本能寺のことはわしは知るべくして知ったのじゃ。まさか上様が斃(たお)されるとは思いもよらなんだが、義昭公が上方で工作しておることは周知のこと、わしは独自の情報網を上方との間に設けておった。茶人の長谷川宗仁などもその一人でナ、なればこそ本能寺の変の翌日にそれを知ることができたのじゃ……わしの機敏な動きを見て怪しむ者もいたが、事前に本能寺のことを知っておったなら高松城で大軍相手に悠長に水攻めなどしておらんわ！」

秀吉はそこまで一気に喋るとまた扇子をあおぎ始めた。それを見て恵瓊、

「さればでござる、太閤殿下にとって備中高松城こそ天下取りの起点。そしてその城主清水宗治の切腹あたればこそ今ここに太閤豊臣秀吉公があらせられると言ってもよい！」

恵瓊はそこで一旦秀吉の顔色を窺った。秀吉は機嫌よく頷いていたが、ふと末席に控える祐筆の大村由己を名指しした。

「由己、そちも高松の陣には加わっておったの？」

　大村由己は播州三木金剛寺の学僧であったが秀吉の三木城攻めの時乞われて還俗し、その祐筆となった。以来御伽衆の常連として秀吉に近侍し、主な軍議にも参加を許されている。名護屋の陣中では秀吉から新作能『明智討』の作成を命じられていた。

「は、手前は戦の機微には疎うございますが、高松城主清水宗治様には他の武将には無い爽快さと申しましょうか、達観と申しましょうか、恐らくは信仰心から湧き出たと思われる何かがございました」

「ほう、相変わらずそちは難しいことを申すな…そうじゃ茂助、おみゃあは宗治の切腹に立ち合うたじゃろう？おみゃあもそう思うたか？」

秀吉は高松城攻めの時の事を想起し、切腹当日の検死役堀尾吉晴の証言を求めた。

「恐れながら…確かに宗治殿は実に颯爽とした佇(たたず)まいで腹を召されました。あの時船上で舞われたのは確

か曲舞『誓願寺』…信長公の『敦盛』と並ぶ念仏者の曲ではなかったかと…」

「茂助、宗治は門徒じゃったと申すか」と秀吉。すかさず大村由己が代弁した。

「殿下、〝門徒〟と言うは本願寺の信徒のこと、宗治様は本願寺に非ず、家康公と同じ吉水の知恩院の流派でございます…堀尾様の申された通り、『誓願寺』と言うは浄土門の根本思想を和泉式部と一遍上人を通じて語らせた世阿弥の名曲。宗治様の辞世…『世の間の惜る、時散りてこそ花も花なれ色も有りけれ』の奥には、浄土に生まれ変わる絶好の機会を得たという安堵と満足感が見て取れるのでございます」

　これを聞くや有楽斎が質した。

「待たれよ、由己殿！清水宗治の辞世は確か…『浮世をば今こそ渡れ武士の名を高松の苔に残して』ではなかったか？」

「いや、それは宗治の兄、月清入道の辞世の歌じゃ」

と今度は恵瓊が口を挟んだ。上座で聞いていた秀吉は、

「ふむ…わしはあの時は辞世の歌までゆっくり聞いておる余裕は無かったでナ…茂助ならよく覚えておろう、どっちじゃ？」

　〝生き証人〟堀尾吉晴は清水宗治切腹の場面について語った。

「恐れながら……宗治殿、月清殿、そして軍監末近殿の三方は、小舟に乗って出島となっていた御崎宮の前まで来られ、そこで殿下が用意された酒肴を愛でられましたが、宗治殿は『筑前守殿によろしく御礼申して下され』とそれがしに…。そしてゆったりと『誓願寺』を舞われた後に腹を召されましたが、誠に悠揚迫らぬ潔い最期でありました…。それがしが見聞した宗治殿の辞世は、確か『世の間の惜る、時…』の方であったと記憶してございます」

「いかにも！高松城の副将であった中島元行もそう申しておる。有楽殿、どこかで間違って伝わっておる

のでござるよ」と恵瓊が補足した。

　秀吉は黙して虚空を睨んでいたが、やがて座が静かになったことに気付いて語り始めた。

「いや、御一同、今わしは多くの武将たちの最期を思い起こしておったのじゃが、宗治の様に晴れ晴れと腹を切った男は他におらんな。思えばあの本能寺の変を知ってから中国大返しを打てたのは、宗治の切腹あったればこそ、これは恵瓊の申す通りじゃ。忘れもせぬ天正十年六月三日夜、…丁度十年前じゃ…京から本能寺の第一報が届いた。持って来たのは官兵衛じゃ。わしは頭が真っ白になりその場にへたりこんだ。涙が溢れ出て止まらなんだ。…まもなく上様が来て下さる、わしが六年にわたる毛利との戦いでやっとしつらえた決戦の檜舞台に…と待ち焦がれておった上様が突然この世からいなくなってしもうた！その衝撃、御一同にご理解いただけようか？………官兵衛は冷静じゃった、倅（せがれ）を殺されかけただけに信長公を嫌っておったのじゃな、との天運が開けましたなと言いおった。わしは思わず官兵衛を睨みつけた！…わしは上様が好きじゃったでナ…。しかし結局あやつの…官兵衛の献策に従い、毛利方の恵瓊を呼んで腹を割って話した、本能寺のことをな。いや、正しくは官兵衛に交渉してもろうたのじゃが…信長公亡き今となっては、毛利と戦う理由はない、まずは空白地帯となった上方へ急ぎ戻らねば…明智に天下を獲られてなるか！これが全てに優先した。しかし清水宗治の切腹は譲れなんだ。宗治の切腹こそが和議の争点、今さら譲れば毛利に怪しまれ本能寺のことが知れる…怖かったヮ。わしは領地の要求を大半取り下げる代わり、宗治の切腹を急がせたのじゃ。のう、恵瓊！」

　秀吉はそこでまた茶を所望し、一気に飲んだ。安国寺恵瓊がおもむろに続きを語り始めた。

「毛利にとって清水宗治は宝でござった。太守輝元も隆景殿も、宗治ほどの忠義の士は又とない、彼を見殺しにしては毛利の家風にもとるとて死を許さなかったのでござる。しかし宗治本人は自ら切腹を願い出ていた……いや拙僧も不思議なほど泰然と死を望んでいた。拙僧は太守輝元の許しが出るまで待てと説いていたが、あの夜、殿下から本能寺のことを打ち明けられた時はさすがに腰が抜ける思いでござった。……しかし拙僧は元来、信長公の次は羽柴筑前、と毛利家内で口外しておった故、己の見立て通りの成り行きに自信を深めたものでござる！また黒田官兵衛の献策も正鵠を射てござった。拙僧は官兵衛の献策通り、すぐに高松城に渡り清水宗治に切腹の許しを与えた。これは方便でござる、なにぶん時が無い。太守輝元には事後報告する積もりでござった。そして宗治にも信長公の死はもちろん伝えておらぬ…」

恵瓊もここで一旦茶を飲んだ。そして続けた。

「しかしあの時の、拙僧が方便で切腹の許しを伝えた時の宗治の澄んだ眼(まなこ)は、拙僧の浅知恵など遥かに越えた悟りの境地を見ておった。宗治は仏前で合掌し念仏を唱えた。そして澄み切った眼で拙僧にこう申したのでござる…『仁の心を持つ主君に義を以て報いるは武士たる者の道、ご当家危急の今、我が一命を以て活路が開けるとあらば正にこれぞ武士の本懐、願う所でござる。輝元公には、切腹のお許し誠に有り難き幸せとお伝え下され』…と。それから宗治は人質として三原城にいる嫡子源三郎宛に遺言状をしたため、拙僧に託(ことづ)けた。それは武士の身持ちについて詠んだ歌であった。曰く…『恩を知り慈悲正直にねがいなく辛労気尽し天に任せよ』…他にも二首あったがいずれも簡潔明解にして我が子への愛情に満ちた歌でござった。今は（小早川）隆景殿に仕える源三郎景治は、今でも亡父の遺言状を肌身離さず持っておるそうな…」

座の面々は一様に感じ入り、恵瓊の語りに引き込まれたように静かであった。

しばしの静寂を破ったのはやはり出家の身である山名禅高。彼曰く

「…宗治殿は恐らく、恵瓊殿が行かれなくとも早晩自刃したでありましょう…」

これを聞いた秀吉が質問した。

「禅高、何ゆえそう思う?」

「いや先ほど、清水宗治は念仏者であった、と伺ったからでござる。しかも城内に仏像を祀っていたとのこと、阿弥陀如来であろう、弥陀の本願を信ずる者は死を恐れませぬ…」

「恐れながら…山名殿」と話の腰を折ったのはいつも控えめな堀尾吉晴。

「拙者、高松城には検死以前から遣わされて城内あらかた覚えておりますが、城内にあった仏像は妙見菩薩と側聞いたしております…それは北極星の守護神で、厳めしい武将の姿をしてござった。阿弥陀如来ではございません」

「…恵瓊、宗治が拝んでいたのはどっちじゃ?」

と秀吉が詮索した。秀吉も清水宗治の精神基盤には関心があったのだ。恵瓊の答えは
「さすれば…両方護持しておったのでござろう。あの晩、切腹が決まった時拝んでいた仏像は阿弥陀仏であった…堀尾殿、妙見菩薩を祀っておったのは庭であろう?」

　堀尾吉晴が目を瞬(しばたた)かせながら肯くのを見て、秀吉は扇子でヒザを打った。

「なるほど!いかにも宗治らしい…もしや宗治もかつて出家していたのではないか?仏前で経を唱えるなどまるで上杉謙信公のようではないか…のう、恵瓊」

「さすがは太閤殿下!ご明察でござる。いかにも清水宗治は若年の折出家してござった。…当初清水家当主は兄の宗知(むねとも)であったが、天正二年の〝備中兵乱〟の時、宗知は毛利に弓を引いた備中松山城の三村元親に付いた。…備中の覇者三村元親も中々の人物であったが宿敵宇喜多直家が毛利に付いたため、やむなく織田に付いたのでござる。備中の国人清水宗知は筋目通り三村に付いたが、一方で出家の弟を還俗

させて毛利に付かせた、これが宗治でござる。…〝備中兵乱〟で毛利は三村を討ち滅ぼしたが清水家は〝二股〟を掛けておったので生き延び、宗知も弟宗治と女婿(むすめむこ)の中島元行の嘆願で切腹は免れ出家して月清入道と号した。跡目を還俗した宗治が継いだ次第…これで月清がなぜ高松城で一緒に自刃したかもお分かりになりましょう」

恵瓊が丁寧に宗治の素性を説明するや、再び山名禅高の曰く

「恵瓊殿、御身も身共も出家とは申せ禅宗、清水宗治の浄土門とは天地の差がござりましょう。我ら禅宗はひたすら現世での悟りを目指す、故に『死』とは『何もかも無くなる』こと以外の何物でもない…。しかし浄土門においては『死』こそ浄土への入り口、命捨ててこそ得るとあって喜んで死ぬ手合いも少なからず…。さればでござる、宗治が浄土門の出家であったとすれば高松城での彼の最期は誠に合点がいき申す。まさに『花も花なれ色も有りけれ』と詠みつつ晴れやかに自刃したに相違ない。兄の月清も浄土門の出家なればこその追い腹じゃが、恐らく弟と毛利家への借りを返さねばという思いが強かったのでありましょうな。……しかし、それにしても殿下は運が強うござった！」

「それが天運というものでござる」

数珠を挟んで掌を合わせながら恵瓊が続けた。

「…信長公も明智殿も、太閤殿下ほどの天運がなかったと言えばそれまででござるが、我が毛利家では…いや元春殿は少し違われたが…輝元公や隆景殿は殿下の天運を信じた、羽柴秀吉に賭けた…」

ここで織田有楽斎が寸鉄を入れた。

「いや、御坊が毛利家を説得したのではなかったか?」

有楽斎の寸鉄に応えたのは秀吉だった。

「いや、誠にあの時の中国大返しが成功したのは毛利が追って来なんだからでナ…備前沼城で最初に小休止した時など恐ろしゅうてろくに寝れなんだヮ。毛利が追って来なんだのは恵瓊の説得のお陰であろうよ、恵瓊殿よくぞ食い止めて下された！そしてやはり清水宗治じゃ！よくぞ腹を召された！…わしなら絶対死んでおらん、備中一国頂戴して毛利と手切れするもよし、毛利に忠義立てするにしてもまだあのまま粘ったじゃろう。命あっての物種、いや生きてこそ浮かぶ瀬もあれ、と申す通りじゃ。…わしはやはり本当の武士（もののふ）ではないのじゃろうて…」

秀吉はそこで下座の曽呂利をちらりと見た。

「あいや、殿下は天下人！」

曽呂利はまた秀吉を忖度し

「そこら辺の武士（もののふ）なんぞより遥かに重いお役目を背負うておいでですよって…命は大事にしてもらわなあきません！」と追従した。

　秀吉はまんざらでも無さそうに「左様か」とこぼした後

「由己！」

と〃お抱え作家〃でもある祐筆の大村由己を呼んで訊ねた。

「由己、ところで『明智討』はどこまで出来たか?」

「明智討」とは秀吉の依頼による新作能であり、備中高松城水攻めの場面から始まるのだ。

「『明智討』に宗治は登場するか?」

大村由己は教養人だけに曽呂利の様な露骨な追従はしないが『天正記』という秀吉主役の軍記物語を書き上げた秀吉礼賛者である。

「は、もちろん登場致します。黒田孝高様、安国寺恵瓊様も…」

と由己は慇懃に答えた。

「ほう、それは是非見せて頂かねば！」

と恵瓊。

「ありがたきお言葉…さりながら手前、今のお話を伺いながら書き方を如何したものか少々迷いを生じてございます…」

由己は秀吉の顔を見ながら心情を吐露した。


夜も更け、開け放たれた茶室の障子の外から入る心地よい夜風が秀吉の肌にも感じられた。秀吉は小姓に障子を閉める様に命じた後、

「由己、迷いとは何じゃ？詳しゅう申してみよ」と身を乗り出した。由己は語った。

「は、…手前は武士に非ず本来出家、とは申せ浄土門に非ず真言の学僧でございます。天正六年以来太閤殿下のお側に侍らせて頂き、播州三木城に始まり先の小田原征伐に至る多くの城攻めを見聞させて頂きました。その間三木城の別所長治、上月城の尼子勝久、鳥取城の吉川経家、そして今宵の清水宗治…武運拙く自刃なされた数多の城将を顧みる時、ひときわ清々しい余韻を残されたのが備中高松城主清水宗治でございましょう。その最期の胸中は正に一塵も留めぬ清廉なものであったであろうことは手前も確信している所でございます…ただ、」

「ただ、なんじゃ！」と秀吉は急かした。

「は、殿下は先ほど『わしなら絶対死んでおらん』と仰せになられました。思えば山名禅高様も鳥取城をお捨てになって〝生〟を選ばれた…この処し方も間違ってはいないと思うのでございます。いや、私が

浄土門であればこうは申しますまい、彼の門徒にとって生死の壁は決して高からず、禅高様仰せの通りかと存じます。しかし曽呂利殿が申された通り、天下万民を安んじるという重責を背負う覚悟がお有りならおいそれと命を投げ出すわけにはまいりますまい。正に『生きてこそ浮かぶ瀬もあれ』とお考えにならねば今の太閤殿下も、日の本の天下統一も無かったのでございます。『死ねば何もかも無くなる』というのも一方の真理。さすれば、あの時自ら強いて命を捨てたとされる清水宗治をことさら讃えてよいものか否か…」


「讃えてくれねば困る!」

秀吉がそこで竹を割る様に言った。

「宗治が腹を切ってくれたからわしは明智を討てた…そこを忘れてはならん!まさに『花も花なれ』じゃ、宗治の死はわしの天下統一に無くてはならん要件となった。その死は後世まで讃えてもらわねばならん!武士の鑑(かがみ)としてな…」

秀吉はさらに一言付け加えようとしたが結局それ以上言わなかった。しかし大村由己は秀吉の心中を即座に把握し、「仰せの通りでございます。もう迷いません」と秀吉を安心させた。安心した秀吉はふと思いついたように
「…ところで、例の宗治の辞世じゃが…この際『花も花なれ…』ではのうて、有楽殿の言われた、『浮世をば今こそ渡れもののふの……名を高松の苔に残して』…これにせい」

と由己に命じた。これを聞くや恵瓊、

「殿下、お言葉ながら、それでは故人の思いが正しく伝わりませぬ。辞世を正しく伝え残すのが供養かと…」

と苦言を呈した。秀吉はちらりと隣席の恵瓊を見やると突き放すように言った。

「ふん、わしはただ『…名を高松の苔に残して』の方が武将らしいと思うただけじゃ。宗治は死なすには惜しい名将じゃったが所詮わしの天下取りの踏み台、せめて最期はより武将らしい辞世を…と思うたまでよ。まぁ結論は後世に託そうかの…」

この夜の席はまもなく散会となった。朝鮮での戦況を知らせる軍監黒田官兵衛孝高の急報が届いたと、奉行の石田三成が注進してきたのだ。

「官兵衛か!今時分なにごとじゃ…」

秀吉は丁度十年前の今時分、備中高松城攻めの土壇場に本能寺から急報が届いた時のことを思い出し、興を冷ましたのである。

…既に三日月は西海に沈み戸外はおぼろの闇であった。誰もいなくなった茶室の障子に当たる夜風は心なしか不気味な音をたて始めていた…。

太閤夜話——日奥上人の巻

大樹山法泉寺

かつて「備前法華に安芸門徒」と評された様に岡山県には日蓮宗系の寺が多いが、加えて岡山県は日蓮宗不受不施派の一大拠点でもある。「日蓮宗不受不施派」といえば近世を通じて「邪宗門」としてキリシタンと並んで禁圧されてきた（明治九年明治政府により解禁）ことで知られるが、解禁以来総本山（祖山）は岡山市北区の妙覚寺である（さらに詳しく言えば「不受不施日蓮講門宗」という別派もあり、この宗派の本山本覚寺も岡山市北区にある）。

「日蓮宗不受不施派」と岡山県の関わりを歴史的に遡ると、「派祖」日奥（にちおう）と豊臣秀吉の確執に行き当たる。本稿はこれを紹介する試みである。

*

慶長二（一五九七）年九月のある日、太閤豊臣秀吉はこの年八月京都御所側（そば）に完成したばかりの「太閤御屋敷」に居た。その日は大坂城から来ていた〝糟糠の妻〞北政所（おね）と久々の〝夫婦水入らず〞を味わっていた。二年前の「秀次事件」のあおりで「聚楽第」も取り壊しの憂き目を見たが、秀吉としては「朝臣」たる以上どうしても洛中に屋敷が必要であった。既に洛外に隠居城として伏見城を設けていたが、御所からは遠く何かと不都合だったのだ。

秀吉は再び「関白太政大臣」になりたかった。今年数えて五歳になる〝跡取〞秀頼が元服するまでは何としても権力の座にあらねば…という〝老いの一徹〞からである。この為か晩年秀吉は憑かれたように城や寺を普請したが、「太閤御屋敷」はその仕上げとなった（立地的には現在の「仙洞御所」の辺りらしい。実際には秀吉は伏見城から動かぬままこの翌年亡くなったので、この大邸宅はそのまま「北政所の屋敷」となった）。

この日は夜になっても新築祝いの来客が数名居残っていた。秀吉と折り入った話があったのである。当の秀吉は屋敷の最奥〝夫婦の間〟で糟糠の妻おねとの雑談に興じていた。こういう時の秀吉はかつての〝野生児〟に戻り、羽織は脱ぎ捨て袴の裾も巻くって足を投げ出したりしている。ごく身内だからこそ出来る格好だ。秀吉は好物の煎り豆をつまみながらおねとその実兄である木下孫兵衛家定（後の初代足守藩主）に向かって冗談ぽく喋(しゃべ)っていた。


「…おねよ、わしはもう一度関白になろうと思うてこの御殿をしつらえた。じゃが出来上がってみて改めて思うが、もう関白とかはどうでもええ、ここでおねと仲よう末長う暮らせたらそれでよいのじゃ」

おねは夫の冗談に付き合っているが、以下夫婦の会話が続く。

「それはいつものお世辞…お前さまは秀頼が一人前になるまで死んでも死に切れんと仰(おっ)しゃりたいのじゃ」

「いやそれを言うな…おねよ…わしらに子が出来ておればのぅ、今頃どうなっておるじゃろうかのぅ…」

「お前さま、われらに実の子がおったなら、お前さまは総見院（信長）様にあれほど大事にされたかどうか…意味がお分かりか？」

「うむ…上様はおねに子が授からんことをいたく気にかけてくれておったヮ…わしも辛かったがその分(ぶん)上様に忠勤を励むことで辛さを紛らわせた、上様もわしを可愛がって下された…まぁ済んだことはよいヮ。おねよ…秀頼のことじゃが…この通りじゃ！」

秀吉は足を戻して糟糠の妻に深く頭(こうべ)を垂れた。

おねはすっかり白髪になった「亭主」の禿げ頭(あたま)を間近に眺めるとつい哀れみを覚え普段の鬱屈を忘れ

てしまいそうだっだが、この際強いて亭主を責めた。

「お前さまは痩せても枯れても天下人、お立場重々承知しとります、秀頼のことも。けれど孫七郎（秀次）のこと、ことにあの三条河原でのこと、決して忘れちゃおりませんで！罪もにゃあ女子供をあれだけ殺めておいて、罰が当たらぬとお思いか？おのれだけ長生きできるとお思いか？」

「おね！」

脇から声を上げたのは彼女の実兄木下孫兵衛家定だった。家定はもう言うなと言わんばかりに妹を目で制止していた。


　秀吉はうつむいて黙り込んでいたが、しばらくして溜め息をつく様に語り出した。

「おねよ、分かっちょる…わしゃきっと罰が当たる…こないだも上様の夢を見た、猿成敗してやるから早う来いと怖いお顔であった…現にここに来て親しかった者が次々あの世へ逝った。一昨年は氏郷（蒲生氏郷）、去年は由己（祐筆大村由己）、今年に入って曽呂利（御伽衆）、古渓（大徳寺住持）、それから筑前の隆景（小早川隆景）も死んだ。次はわしの番かの…じゃが秀頼がおる！やはり死ぬわけにはいかんのじゃ！施薬院全宋には早う不老長寿の妙薬を持ってきやれとかねがね命じておる、虎の肉は効かん！」

　秀吉は半ば取り乱していた。この頃既に労咳（肺結核）を発病しており、侍医全宋から懸命の施術を受けていたが、秀次事件の頃から顕著になった精神不安定の症状は如何ともし難かった。なだめ役の木下家定曰く
「…全宋といえば殿下に強精の秘薬をあつらえ、二度も男子を身籠らせた恩人と伺います…不老はともかく長寿の妙薬ならまだ良いのがございましょうぞ」

秀吉がこぼした。

「孫兵衛兄、最後は神仏しかにゃーだで」

「恐れながら殿下、木喰上人が参っておりまする」

表座敷から秀吉を呼びにきたのは当の施薬院全宋だった…この夜は秋の方広寺千僧供養会の打ち合わせをここ「太閤御屋敷」ですることになっていた。「千僧供養」とは千人を目処に各派の僧侶を一同に集めて行う、宗派を超えた政治色を帯びた法要である。古くは奈良時代の東大寺大仏開眼供養がそれであった。「方広寺千僧供養」と言われるのは秀吉が父母先祖供養のため毎年春秋の彼岸ほか定期的に主催するもので、「木喰上人」と称された高野山青厳寺（大政所菩提所）の深覚坊応其が導師を務めていた。

このため夕方から待機していたのはその応其の他天台宗高僧でもある侍医の施薬院全宋、京都所司代兼寺社奉行の前田玄以（通称は「法印」）、そして豊臣政権の「官房長官」石田治部少輔三成であった。

全宋に手を引かれる様にゆっくりと表座敷に現れた太閤秀吉は上段の間に着座。すかさず全宋が秀吉の手を取って脈を測ったり口を開けさせて咽喉を診たりした。この座敷に居る面々はそれぞれ秀吉の威光を背に生き抜いてきただけに全宋の〝診察〟を見守る視線には鋭いものがあった。全宋にしても、曲直瀬道三門下から一人頭角を現して秀吉の侍医になった傑物。医者としては勿論政治家としての才覚も卓越したものがあった。秀吉より十年ほど年長なのだが傍目にはむしろ若く見える。名医だけに自己管理の賜物に違いないが、近年の秀吉の急激な衰えの所為でもあろう（秀吉の臨終を看取ったのもこの全宋である）。

さて診察が終わり全宋が下段に下りると秀吉は口上を始めた。

「皆々、お陰でこの通り帝のお側に館もできた、また忠勤に励もうぞ。さすがに聚楽第の時の様にはいかんがのぅ…。さて今宵は差し迫った秋の方広寺供養会のことじゃ。此度（こたび）も千人ほど集めてもらわにゃあならんぞ、法印、首尾はよいか！」

＊

方広寺はこの二年前（文禄四年）、構想から約十年掛かって大仏殿が落成し、秀吉はその年九月二十五日「千僧供養」を挙行して亡父母始め先祖代々への追善とした。併せて自身の不老長寿と秀頼ら子孫の繁栄を祈願したことは言うまでもない。このとき裏方を仕切ったのが寺社奉行の法印こと前田玄以と大徳寺住持の古渓宗陳であったが、大仏殿の普請造営を監督した高野山の応其（おうご）や比叡山出身の全宋なども〝千僧〟確保のため奔走したと思われる。

爾来、法事を取り仕切る前田玄以は毎年数回〝千僧〟を招集してきた。初回以来主に天台宗、真言宗、律宗、禅宗、浄土宗、時宗、一向宗、日蓮宗の八宗にそれぞれ百人の出仕を要請してきたのだが…日蓮宗だけは一筋縄ではいかなかった。

応分の謝礼（布施）は頂戴できるとあって各宗派とも天下人秀吉の出仕要請に従った中で、「不受不施義」という宗祖日蓮の信仰規範を有する日蓮宗では内部で一大論争が生じた。

「不受不施義」とは宗祖日蓮の言説に則れば自ずと導かれる規範（正式な「教義」ではない）だが、「法華信者以外からの布施を受けないこと」「法華信者以外に供養を施さないこと」の二つを謂う。日蓮没後の日蓮宗においては、宗祖日蓮の純粋な信仰姿勢は徐々に変質し、他宗派との妥協共存に甘んじる姿勢が主流となる中で、室町時代「鍋かぶり上人」と呼称された日親が初めて「不受不施義」を唱えた。日親は将軍足利義教の弾圧を受けながらも京都に本法寺を開き京都の町衆に一定の信徒層を作った。

その後戦国乱世を経る中で、日蓮宗自体は熱心な折伏により京都町衆ほか西国各地に勢力を広げた（「備前法華」の下地もこの頃できていた）。そこに秀吉の方広寺出仕要請が来たのである。宗内多数派の受不施派は「千僧供養」参加、少数派の不受不施派は不参加と、日蓮宗はこのときはっきり分裂した。不受不施派の中心人物京都妙覚寺（本能寺の変の折、嫡男織田信忠が宿所にした）の日奥は秀吉に『法華宗諫状』を提出して京都を去り、翌年の慶長伏見地震の際も秀吉に宛てて『諫状（いさめ）』を書き送っている。秀吉が怒ったことは想像に難くない。

＊

「法印、日蓮宗のあの生意気な坊主はまだ出て来そうにないか？」

「…日奥でござりますな？聞くところよれば丹波の山奥に隠棲し、方々へ布教に出たりしておる由にござります」

「そうか…して、妙覚寺にはもうあぁいう坊主はおらんのじゃな？」

「はい、妙覚寺は穏当な日乾が貫主になって落ち着いてござります。しかし不受不施派の中には『内信』と申しまして表向き他宗派の檀家になりながら実は隠れて不受不施の信仰を続ける者も多く、妙覚寺も全くいないとは言い切れませぬ」

「日奥め、去年の地震の時も無礼な書状を寄越しおったが、恐れ多くも帝（みかど）にまで奏状を出しておる！全く不逞の輩じゃヮ」

秀吉と前田玄以のやりとりに末席に控える石田三成が割り込んだ。

「恐れながら太閤殿下、日奥めが昨年送り付けて参ったその書状、私も読ませて頂きましたが、あの大地震をまるで殿下の所為と言わんばかりの申し様…何故追手をかけませぬ？あの者、向後の憂いの元であることは明々白々かと存じます！」

秀吉は三成に目を向け、ふと目尻にしわを寄せながら「治部…わしがその昔尾張で寺に居たことは存じておろう？そなたと同じ様にな」と前置きしてからおもむろに昔話を始めた。

「…この際他の者も聞いておくがよい。わしは坊主は殺さん。坊主殺せば七代祟ると云うじゃろう？信長公を見るがよい…。そもそもわしが小さい頃入れられておった寺は日蓮宗でな、日蓮上人の事蹟については毎日聞かされておったヮ。まぁ半分は作り話じゃろうと思うたが子供心にも日蓮上人を敬う気にはなった。その後野武士に付いて寺を出てしもうて仏教とはそれきりになったがナ…。やがて信長公に仕えてから叡山焼き討ちがあった…全宋も危なかったわな？。わしはあの時だけは信長公に背いて殺生をせぬようにしたものじゃ…。それから『安土宗論』の時はじめて日蓮宗の高僧たちを見た。『安土宗論』のことは皆存じておるか？信長公はあの頃、一向宗を抑えた次は日蓮宗、とて浄土宗を使うて『安土宗論』を仕掛けられたのじゃ。わしは偶々播州から戻っておってな、これは聞いておかねばと思うて会場の浄厳院に行った。結果は信長公の思惑通り日蓮宗は負かされて詫び証文を書かされた。わしは傍目にも情けない思いじゃったヮ…。そして此度の方広寺、わしはもはや骨のある宗派はあるまいと見た上で千僧供養を申し付けた…そしたら一人逆らう坊主が出てきた、日奥じゃ！」

秀吉はそこでわずかだが目尻を下げた。三成は呆気に取られ返す言葉もなかった。

「殿下、今のお顔、久々に〝木下藤吉郎〟に戻っておられた。その顔お忘れめさるな」

まず感想を述べたのは木喰上人応其だった。

秀吉と同い年の応其は永禄十一（一五六八）年近江観音寺城の戦いではじめて秀吉（当時木下藤吉郎）

と出会っている。信長に徹底抗戦した六角氏の武将だった応其は観音寺城落城後まもなく高野山で出家し、十穀を絶つ木喰行を行じ功徳を積んだ。「高野豆腐」を完成させたのも応其と云われている。その後天正九（一五八一）年信長が高野山攻めを開始すると応其は「悪霊降伏」と称して「大元帥明王」の呪法を行じ遂に本能寺の変を招じて高野山を守った。しかし秀吉の紀州攻めにおいては抵抗せずむしろ高野山を挙げて秀吉に協力せしめ、今の良好な関係に至っている。

「木喰上人、御坊の調伏で本能寺の変が起こったと言われておる。わしが秘かに坊主を恐れるのは御坊がおるからじゃ、はっはっ…」

秀吉の哄笑には全盛期の覇気は無かったが、応其は却って下級将校時代の秀吉を垣間見たように思った。

「さて上人、此度も千僧供養の導師、よろしく頼みますぞ」

秀吉は少し疲れた顔をしながらも気合を入れて本題に入った。

「地震で無うなった大仏に代わり甲斐から善光寺如来をお迎えした。一目拝もうと毎日大勢が参ってくれておる。これも上人のお陰じゃ、改めて礼を申す」

「いや、拙僧は口を利いただけ、礼は善光寺に申されませ。それより殿下、例の日奥のことでござりますが」

応其は話題を元に戻す風であった。

「妙覚寺の日乾によれば、不受不施派の日奥は若くして妙覚寺の貫首となっただけあって相当の才と器量の持ち主、例の『諫状』を見ても宗祖日蓮聖人に忠実たらんとする至誠が滲み出ております。拙僧、一度対論をしてみたいと思いまするが…ちと無理でしょうな」

　応其の発言に最も反応したのは若い石田三成であった。三成は同輩である寺社奉行の前田玄以に尋ねた。

「その前に、玄以殿、日奥の一派このまま放っておかれてよいのでござるか?殿下の恩情で生かしてもらっていること、改めて世間に知らしめねばなりますまい！如何か？」

「治部殿…」玄以は言葉を選んで答えた。

「…少なくとも京においては不受不施派は見かけなくなっております。その昔〝鍋被り日親〟が一条戻橋に本法寺を開いたのが不受不施派の始めでござったが、殿下の聚楽第建設の時点では本法寺にも不受不施を唱える者はおりませなんだ。聚楽第建設に合わせて本法寺の他妙覚寺、妙顕寺など日蓮宗の主な寺院は全て今の寺之内に移転し、殿下に従っております。従わなんだ日奥は既に遠流の身になった様なもの、恐れるに足りませぬ…」

「甘うござる！」と三成は異を唱えた。

「応其殿も玄以殿も寛容に過ぎる！日奥が昨年送り付けてきた書状もう一度読んでみられよ、まるで大仏の倒壊を嘲笑っておる！これを放っておいては天下に示しがつきませぬ！」

三成は興奮した口調で自論を吐き出したが、「…ご無礼の段平にご容赦あれ」と付け加えることは忘れなかった。


「太閤殿下、」

三成が最後に詫びを入れた所で、木喰上人応其が秀吉に裁可を求めるように声を掛けた。

「日奥のこと、放っておかれますかな？おや？」

秀吉は既に寝息を立てていた。

＊

結局豊臣秀吉は日奥を罰することなく世を去ったが、秀吉一周忌に当たる慶長四（一五九九）年日奥は徳川家康に召し出され、受不施派の妙顕寺日紹と大坂城で対論させられる（大坂対論）。この時家康の政治的思惑で日奥は負けと断じられ対馬に流された。その後も尚宗旨を曲げなかった「勝劣派」妙満寺の日経は、慶長十四（一六〇九）年家康により極刑に処されている（慶長法難）。

家康死後の元和二（一六一六）年日奥は赦免され二十一年ぶりに京都妙覚寺に戻るが、それも束の間、寛永七（一六三〇）年の江戸城における「身池対論」では受不施派の画策もあって再度不受不施派は追放となる。この直前亡くなっていた日奥は、遺骨を掘り出されて再び対馬に流された。

岡山県和気町の大樹山法泉寺に立つ石碑によれば「元和五年日奥大聖人備作三州巡教郷人法駕ヲ迎へ」法泉寺主も不受不施派に改宗した云々とある。日奥が束の間の在京中熱心に諸国巡教したことが伺われるが、室町時代以来「備前法華」と評されてきた今の岡山へは殊に入念に巡教したに違いない。

冒頭紹介したとおり、現在岡山市北区御津金川にある龍華山妙覚寺は日蓮宗不受不施派の祖山（他宗派で言う総本山）である。この寺には日奥上人の書状二十六通の他歴代上人の文書・記録が保存されており、さらに江戸から明治にかけての「信仰」のドラマが詰まっているのだが、それはまた別の稿で採り上げてみたい。

龍華山妙覚寺

慶長三年醍醐寺の夜

（太閤夜話――明智光秀の巻）

表書院

一、賓客

時は慶長三（一五九八）年初夏の夜、所は山城国醍醐寺三宝院の表書院上段の間。ここは畳敷きの「書院」ながら、創建時（平安時代）の「寝殿造り」の趣を残している。太閤豊臣秀吉は、長谷川等伯一派に描かせた床の間の柳の絵を背にして脇息にもたれていた。ある人物の到来を待っているのである。約束の戌（いぬ）の刻（午後八時）を前に秀吉の思いは複雑であった。というのも、その人物は秀吉に輝かしい後半生をもたらすきっかけを与えてくれた恩人とも言えたが、足早に去って行ったその〝恩人〟に対し、秀吉は何も報いていないばかりかむしろ貶（おとし）めてきたからである。老いた天下人秀吉にとってその人物に再会することは、長年目を背けてきた〝不都合な真実〟に向き合うことであり、反面晩年に残しておいた〝人生最後の楽しみ〟とも言えた。

自ら設計・監督し庭奉行竹田梅松軒に施工させて築いたここ三宝院庭園には、夜もなお池や島が眺められるように何本も篝火（かがりび）が焚かれている。庭の中心に鎮座する天下の名石「藤戸石」…源平合戦の頃備前より運ばれた、足利将軍家、織田信長など歴代天下人の所有物…を眺めつつ秀吉はつらつら考えていた。

（彼奴（きゃつ）もあの石が、すなわち天下が欲しかったのか？いや、そんな単純な男ではない…）

はからずも人生最後となった花見の宴をここで堪能した秀吉は、爾来しばしば醍醐寺三宝院に通い、その都度御伽衆の面々や温故の人物を招待しては夜話を楽しんだ。この寺が居城の伏見城に近かったこともよく通った理由であろう。当山派（真言系）修験道場である醍醐寺の当代座主義演は、寺の復興に援助を惜しまなかった秀吉に感謝し、山門近くに位置する本坊三宝院の表書院を彼に自由に使わせていた。

当時朝鮮半島には多くの大名たちが無意味な出兵を続けていたが、老いた秀吉にとって今はもはや大陸征服という見果てぬ夢よりも、戦（いくさ）の無くなった島国の平穏を愉しむことの方に価値があった。「醍醐の花見」はその象徴であり、まもなく死の床に就く秀吉にとって、花見の余韻を束の間楽しめたこの五月は体調も良く、彼の人生で最も幸せな時期であったかもしれない。

秀吉が先夜丹後から文人大名細川幽斎をここに招いた折、話が織田信長と明智光秀のことに及んだ。あの本能寺の変の直後「中国大返し」という離れ技を演じ見事山崎天王山で光秀を破った秀吉だが、その勝利の裏には余人に言えない秘密があった。その「秘密」を共有する一人が細川幽斎であった（他にも数人いるのだが、それは本稿で追々明かされよう）。

本能寺の変と山崎の合戦から既に十六年が経っていたが、実は明智光秀はまだ生きていた。そのことは秀吉も幽斎も知っており、件（くだん）の夜は両人だけで山崎合戦前後の秘話について語り合った。そうなると余命いくばくも無きを自覚する秀吉が、今生もう一度光秀に会っておきたい、と望むことは容易に察せられる。

かくして醍醐寺の義演と近江坂本西教寺（明智一族菩提寺）のみが知る伝手（つて）を通じて、美濃国から死んだはずの光秀が招かれるに至ったのである。どこに隠棲しているかについては問われないという条件付きで、光秀は秀吉との再会に応じた。実に十六年の時を経て〝泉下の明智光秀〟は上洛を果たし、この夜秘かに洛東醍醐の山麓に参上した。

「筑前守殿、お久しゅうござる」

その覆面姿の老人らしき男は、同じ様に老いた天下人を前にしてそう言った。墨染の頭巾で覆面し地味な羽織袴に身を包んだ姿は、錦の胴服（桃山時代に流行った大振りな羽織）を纏う秀吉に比するといかにも鄙びていた。しかしその所作物腰には隙がなく、さては元は名のある武将かと誰の目にも映った。

秀吉は対座する覆面老人を凝視していた。本物の明智光秀か否か、顔を見るまでは疑念を捨て切れなかった。

「顔は見えねどもそのお声はなるほど明智日向守…思えば山崎の合戦以来！懐かしう存ずる。その被り物を脱いで対面させては頂けぬか？」

上座に座る秀吉はやや離れて着座した賓客を見据えて声を掛けた。

「日向守殿か？よう参られた…」

「太閤殿下、明智様は世上遠の昔に亡き御方。山崎合戦の後は生国美濃に隠れ棲み、殿下の覇業の妨げにならぬ様今日まで過ごして参られました。あえて生き恥を晒しひいては天下騒擾の源にならぬ為の覆面、そのご心情何卒お汲み取り願います」

こう口添えしたのは醍醐寺の当代座主である義演。醍醐寺中興の祖となった義演（足利義昭の猶子でもあった）は、庇護者である一代の英傑豊臣秀吉の死期近きに感じ入り、この三月彼の為に一世一代の「醍醐の花見」の舞台を提供した。一方秀吉も戦乱の中荒れるに任されていた醍醐寺に多大の寄進をし、金堂（国宝）の紀州からの移築や「藤戸石」で名高い三宝院庭園（国特別史跡）の築造などを施している。

今では秀吉と義演には強固な信頼関係ができていた。

　最晩年の秀吉がなぜここまで醍醐寺にこだわったのかについてだが、ただ伏見城に近かったというだけではないだろう。思うに醍醐寺三宝院が修験道当山派の総本山であり、修験者（山伏）を育成して諸国に派遣する〝水面下の情報拠点〟であったことが最大の理由ではないか。有名な歌舞伎『勧進帳』に見られる如く、古来〝山伏〟というのは秘密裏に情報をやりとりする超俗的アウトロー集団でもあった。

一方、醍醐寺の西方半里（約二km）に小栗栖（おぐるす）という竹やぶの多い里があり、ここには古来山城から近江に抜ける間道があった（現在は名神高速道路がほぼ平行して走っている）。天正十（一五八二）年六月、山崎の合戦で羽柴秀吉に敗れた明智光秀はこの間道を抜けて本拠地近江坂本に逃れようとした。が、落ち武者狩りに掛かり結局ここ小栗栖が光秀終焉の地となった…これは世上広く知られる所である。

「筑前守殿、いや太閤殿下、明智光秀はあの山崎で貴殿に敗れた後小栗栖で死んだ。死んだ人間が生きた顔をさらしてはなりますまい。貴殿が書かせた『惟任退治記（これとう）』、あれが創作と知れたら不都合でありましょう?　くっくっ……」

黒布の頭巾で覆面した老人はそう言って不気味な声で笑った。少しくぐもってはいたが秀吉は改めてその声の主が光秀本人であることを確信し、古傷をえぐられた様に鳥肌が立った。

（やぶへびであったか、まぁよいわ）

秀吉は努めて平静を装い「なるほど」と相槌を打ってから切り返した。

「しかし光秀どの、貴殿が存命であったことはこの義演から聞いて承知しておった。小栗栖で落武者狩りに掛かって果てたということにして、影武者の首を残し、実はここ（醍醐寺）に匿（かくま）われておったそうじゃの?」

秀吉に経緯を問い質された覆面姿の「光秀」は悪びれずに答えた。

「いかにも…小栗栖で落武者狩りに掛かり、深傷を負うてここへ逃げ込んだ。義演殿の佑助無かりせばそれこそ今ここに私はいない。…しかしどうか義演殿を咎めぬ様お願いしたい、哀れな衆生を救済するのは出家の習い。運よく生き延びたが私とて身代わりになった小五郎という影武者の供養は欠かしたことはない。神仏を疎(おろそ)かにせぬ太閤殿下、貴殿ならきっとお分かり頂けましょう…」

　秀吉は、「分かっておる。わしは信長公とは違う」と応じてさらに続けた。

「光秀どの、忘れもせん天正十年六月…もう十六年も経つが…あの時の勝負はわしが勝った。これは天運だワ。しかし、本能寺で信長公を討った貴殿の決断もあながち誤りとは思わん、わしとて信長公には疑念があった。思い起こせば長島、叡山、有岡城等々、あの御仁(おひと)の手による地獄絵図は数え挙げればきりがない。わしが浅井の小谷城をもらいながら廃城にしたのも、あの時の浅井攻めがあまりに酷かったからだで…あれでわしはお市様には顔向けできん様になった…。その信長公、最後は甲府で国師の名僧快川(かいせん)を焼き殺したじゃろう…天罰が下らんはずがにゃあと思うた。毛利の安国寺恵瓊も申しておったが、このままでは信長公はいつか高転びに転ぶのではないかと見ておった」

「光秀」はここで反撃した。

「…羽柴筑前守、本能寺のこと、知っておったであろう?」

　秀吉は「なんと!」と叫んで一瞬周りの気配を伺い、すぐに顔を歪めて剽(ひょう)げ始めた。

「ひゃっひゃっ、明智さま本人からもその様に言われるとは、光栄の極みでゃ…」


「光秀」は黙って秀吉を見つめていた。黒い頭巾で顔を覆い眼光のみ鈍く光らせる姿はあたかも老練の忍術者の様で不気味であった。だが秀吉は臆せず話題を転じた。

「ときに、幽斎とは会っておられたのか?」

　細川幽斎(藤孝)は足利義昭配下の頃から常に明智光秀の無二の盟友だった。しかし本能寺の変後は剃髪蟄居して光秀に加勢しなかったことは有名である。また古今伝授を受けた歌学者としても高名で、かつての茶頭千利休同様秀吉からも厚遇を受けていた。光秀にとって細川家は愛娘玉（ガラシャ）の輿入先でもあり縁深い一族とは言え、土壇場で苦杯を舐めさせられている。その挙句山崎合戦で敗れ無念の最期を遂げた（はずの）光秀の存念や如何に⁉秀吉はそこから切り込んだ。

「藤孝殿とでござるか？」と「光秀」は聞き返し、一呼吸おいてから答えた。

「義演殿を通じて数回密書のやりとりはござった、主に我が娘（忠興正室の玉）の消息について。…しかし会うたことはない、本能寺以来」

秀吉は「そうか」と応じそれ以上詮索はせず、話を進めた。以下は両人の会話である。


「光秀どの、わしが貴殿を討てたのは、天運が貴殿からわしに乗り換わったからであって、理由はそれに尽きる。貴殿は本能寺で運を使い果たしたのだワ」

「…なるほど、そう言われれば是非もない。確かに私は右府殿（信長）を討つ千載一遇の機会を逃さなかった。しかしその後はいけなかった、藤孝と貴公が通じていたことに思い及ばず…」

「…なんじゃと？」

「とぼけなさるな羽柴筑前！私には全て分かっている。藤孝の家老松井佐渡守康之…私の計画を知った男…あやつが先に備中面に下向して貴殿に注進したことは知っている。まさか藤孝に裏切られるとは…正に天運そこに尽きた！筑前、いや太閤殿下、本能寺のことがある前にかなりの兵を姫路城まで戻しておられましたな⁉山陽路に送り込んでいた間者から後日その様な報告を受けた…」

秀吉は低く呻いて光秀を睨みつけた、義演の手前風が悪いからであろうか。老いたりとは言え相手は天下人、大抵の者ならここで震え上がる場面だが、覆面の賓客は全く動じていない様子である。ついに秀吉は根負けした様に欠け歯を見せて笑いだした。

「ほっほっ…明智さま、わしの負けだヮ…。高松の陣では間者の類(たぐい)はみな捕えて始末したが、まだ仲間がおったか…」

五月らしい青葉薫る夜気が書院内に流れ込み、戸外に目をやると依然何本もの篝火が焚かれていて明るい。警護の兵がそこら辺で番をしているはずだ。秀吉はおもむろに立ち上がり、庭に向かって開け放たれていた障子を自ら閉めようとすると、すかさず義演が立って全ての障子を閉めた。秀吉は室内の燭光にぼんやり照らされた襖絵の前に戻ると覆面客の顔を覗き込んで言った。

「光秀どの、これで安心、秘密が洩れることは無い…」

そしてひと呼吸おいてから語り始めた。

「…わしの寿命はもう長くはない。冥土のお迎えがそこまで来ておるのが見える。長年の無理が祟ったのか、天罰か…いずれにせよ来年の桜は見れまいて…。今宵は冥土から戻られた光秀どのに免じ、真実ありのままを申しまするヮ。貴殿も真実ありのままを申されよ。義演も心して聞くがよかろうぞ…」

義演は頭を下げ「はい」と言って掌を合わせた。

「あの本能寺での、光秀謀反の企ては、確かに高松の陣で松井佐渡から聞いた！最初は半信半疑でナ、黒田官兵衛を呼んでどう思うかと極秘に相談した。その結果、諸将が全て遠方へ遠征中の今、信長公がわずかの手勢で本能寺に泊まるのであればこれは九分九厘間違いないと官兵衛は断じた！うむ、あの光秀ならこの機会を逃すまい、やるなら今しかにゃあとわしも思うた、先々のことを考えるとな…。信長公御出馬となれば我が織田軍は総力を毛利に向ける、毛利の降伏は時間の問題であった。四国の長曽我部も実のところ済んでおったわナ？元親は不承不承信長公に従うと言うてきておったで。あとは九州、ここも近衛前久公が島津まで地ならししておったでそう手こずるまい。東国も北条が信長公とは手を結んでおったでナ…島津も北条もわしには楯突きおったが…。めでたく信長公の天下統一が成れば日向守殿とわしは官名通り九州に追いやられ、果ては唐入りの先鋒を命じられたであろう。いや事実わしは信長公からそう聞いておってな、既に異国で一生を終わる覚悟もしておった！子も無かったで。だがあの光秀が唐入りに従うとは思えなんだ、土岐氏の再興どころではなくなるでのぅ、違うかや？土岐といえば土佐の長曽我部も斎藤利三の娘が嫁いだ縁者であったわナ？光秀どのは長曽我部と織田の板挟みで難渋しておられた。しかし所詮長曽我部は田舎武士、信長公にはすかされたが臥薪嘗胆従うしかのうて恨みもあったであろう…」

〝長曽我部〟と聞いて「光秀」は反応した。

「筑前殿、右府殿に四国攻めをけしかけたのは三好と組んだ貴殿ではなかったのか？」

「待たれ、光秀どの。わしが孫七郎（秀次）を三好笑岩に遣ったのは信長公の周旋だで、本意ではない！信長公は三好と長曽我部双方にええ顔したであのような仕儀に至ったのよ、わしは工作などせん！毛利で手一杯で四国どころでなかったでや…」

「しかし私の家老斎藤利三は長曽我部元親の〝岳父〟だけに、右府信長の四国政策転換には憤慨していた…」

秀吉はここで「本能寺」の話に戻そうとした。

「うむ、そうであろう。そもそも斎藤利三…わしは永禄の頃から知っておるが…奴は美濃三人衆であった稲葉一鉄配下の頃から信長公をひどく嫌っておった、美濃を盗まれたと思い込んでな。信長公を退治するとなれば喜んだであろう？…とにかくあれこれ考えるとこれは松井佐渡の、いや藤孝の注進に間違いはないと判じた。と、なれば備中高松城攻めどころではにゃあ！急ぎ官兵衛と安国寺恵瓊を使うて和議を開始し、秘かに兵を少しずつ姫路へ撤収させた…皆には高松開城が内々決まったと騙ってな。これは気を使うた、官兵衛と（蜂須賀）小六がおったからうまくごまかせたんだで。しかしこれはわしにとっても大博打じゃった！光秀の謀反が失敗すればわしもただでは済まん！同罪じゃ…その時は毛利に下るしかにゃあと思うた。毛利ならわしを殺しはすまいからの…」

　秀吉は少し間を取り、「光秀」の顔をまた覗き込んで続けた。

「光秀どの…本来わしは貴殿には感謝せねばならん！しかるにわしは由己に『惟任退治記』など書かせて貴殿を貶め己れを正当化した、死人に口無しじゃったでナ…どうか許してくりゃれ！もちろん信長公にも成仏されるよう今日までひたすら詫びを入れて参った、じゃが今でも…正直恐ろしい。だで今宵は一切うそ偽りは申さぬ……ついてはそこに免じて光秀どの、どうか被り物を取ってはくれまいか？なに、わしと義演しか見る者はない。義演！そなたからも頼んでくれ！」

　ここで賓客は顔を覆っていた黒頭巾を取った。ほの暗い燭光の中現れたのは丁度能面の「景清」の様な白髭の老翁、年齢はまず七十歳は超えていよう。鬚も完全に白髪となっていたが、キンカ頭と云われた広い額、尖った顎、思慮深げな瞳、どこを取っても明智光秀だった。秀吉は息を呑んで見入り思わず「これはお懐かしや明智さま！」とつぶやいた。

　その秀吉の金壷眼を見据えて光秀は開口一番訊ねた。

「筑前殿、いや太閤殿下、」

「もう〝筑前〟でよい」

「ここには貴殿と義演殿しかいないと言われたが、他に見ている者がいるであろう？何者か？」

景清

秀吉は冷や汗でも出たのか、扇子を取って扇ぎながら返答した。

「…いや、見ておる者がおるとすればそれは普通の人間ではござるまい。冥土より戻られた明智さまに相伴する狐狸妖怪の類であろうよ、ほほっ……いやご心配なく、少なくとも貴殿の敵ではないはずでゃ」

開き直った様な返答をした秀吉は声色を転じ
「ときに、さすがにお齢を召されたな、明智さま。おいくつになられた？」

と己の老醜を棚に上げ親しげに尋ねた。景清に似た老翁答えて曰く
「筑前殿、お忘れか？貴殿と私は確か一回り違うはず…」

「なんと、申でござったかの？」

「いかにも、大永四年の甲申」

「わしは天文五年の丙申、と言われておる、ひゃっひゃっ」

と秀吉は又欠けた歯を見せて笑い、

「…すると数えて七十五かえ？」とまた眼を丸くして光秀に見入ってから陽気に寿いだ。

「祝着でござる！わしもあやかりたいものじゃ…のう、義演！」

猿

光秀の後ろに控える義演は終始瞑目し合掌していた。加持祈祷を生業として多くの霊験に触れてきた義演にとっても、この場面は感慨深かった様である。

「仰せの通り、恩讐を越えての再会、誠に祝着至極に存じます。どうぞ今宵はお二方の忌憚のない御存念をお聞かせ下さいませ。無論他言は致しません」

義演はそう言って平伏した。そこで秀吉は素面を晒した光秀に向かって改まり、

「光秀どの、この際〝他に見ている者〟を呼んでみせまするワ」と言ってから声を張り上げた。

「苦しゅうない、はいれ！」

二　家康

秀吉の一喝後まもなく中庭に面した廊下側の襖（ふすま）が静かに開いた。一人の大柄な修験者が顔を伏せて端座していた。

「玄鬼（げんかい）、今宵の賓客に挨拶申せ」と秀吉。「玄鬼」と呼ばれた修験者は顔を上げて〝賓客〟に眼を合わせ「ぐわっ」と獣（けもの）の様な声を出して平伏した。

「玄鬼、もうよい」と秀吉。

襖は音も無く閉まった。秀吉は下座に控える義演に命じた。

「義演、今の者を説明致せ」

義演は光秀に向かって一礼し
「は、恐れながら只今の玄鬼という修験者は、長年吉野の蔵王堂そして大峯熊野で奥駈け修行を積み、役（えんの）行者由来の霊力を会得したと言われている異能の者でございます。天正十年には、山崎合戦の直前筒井順慶をたぶらかした興福寺の刺客果心居士を討ち、徳川様の『伊賀越え』をお護り致しました。大坂城普請の頃から秀吉様にお仕えし、岸和田城に詰めて根来雑賀の紀州勢から大坂を護るなどしましたが、今は当山に帰属しております。異能の者ゆえ私も監督しきれないのですが、ともあれ日夜当山を護ってくれております。生来の唖（おし）で会話はできませんがそれゆえ秘密は洩らしません。どうぞご安心下さい…」

光秀は黙って頷いた。

秀吉と光秀の夜話は日付の変わる深夜に及んだ。この夜の秀吉は老いた病人とは思えない軒昂たる意気を見せた。あるいはこの一夜で秀吉は残っていた最後の生命力を使い切ったのかもしれない。秀吉は延々と長年の秘事について〝賓客〟と語り合った。

「ときに光秀どの、本能寺の変についてもう一つ、確かめたきことこれあり、」

「何なりと」

「あれは家康も知っておったであろう?」

徳川家康は本能寺の変の折、信長の勧めで小人数で上方見物中であり、明智勢から逃れるべく畿内を脱出した「伊賀越え」の逸話は有名である。この「伊賀越え」は伊賀忍者らの手引きもあって死中を脱したとされているが、実は真相はよく分かっていない。例えばなぜ穴山梅雪だけ殺されたのかという謎も残っている。

「…何故そう思われた?」と光秀は問い返した。秀吉の曰く

「まず、そもそも信長公がほとんど手勢無しで本能寺に入られたのはなんでじゃ?あの用心深い信長公がそこまで危険を冒した訳は…家康を油断させて本能寺におびき出して、そこで一行まるごと討つ積りではなかったかや?家康に同行しておった甲斐の穴山梅雪も一枚かんでおったはずじゃ。首尾よく家康一行を討ち取れば直ちに徳川領内に兵を向けねばならん、その為に明智の軍を京の近くに置いていたのではないか?光秀どのはあの時家康の饗応役であった、信長公の家康討ちの意図を知らんはずがない。いかがでや?」

秀吉は窪んだ金壷眼を丸くして光秀に見入った。その顔は「猿」という狂言面そっくりであった。光秀は秀吉の視線を避ける様にこちらは能面「景清」の如く眼を閉じて静かに返答を始めた。

「右府殿（信長）と家康殿とのことでござるか…さすが天下人、聡(さと)うござるな…いかにも、あの両人の関係は表裏真逆であった、表向きは兄弟の如く盃を交わしていたが…右府殿は武田への抑えとして家康を利用していたに過ぎぬ。果たして甲斐で勝頼を討ち武田を滅ぼした天正十年四月、右府殿は甲斐から凱旋の際回り道をして徳川領となった東海道の駿・遠・三を巡視された。あの時同行を望んだ関白近衛前久(さきひさ)公は先に京へ帰らされ、同行した私や細川忠興は道中の地形を確認しておく様命じられた。そこで私は考えた、もしやこれは徳川領に攻め入るための下見ではないか…とな」

「うむ、それで？」

「果たして五月になって右府殿の家康討ちの意図がしかと読めた、そこは阿吽の呼吸であったが…。私はその時天の啓示を受けた、この際逆に信長を討つべし！と。徳川家康の協力があれば織田信長を討てる、これは天与の機会と私には思われた」

　秀吉が茶々を入れた。

「〝天〟というのは天皇(みかど)のことか？」

光秀は一瞬黙ったが秀吉の話題に合わせた。

「〝天〟と天皇(みかど)は違う…天皇(みかど)といえば貴殿もご存知であろう、先帝(さきのみかど)（正親町(おおぎまち)天皇）は御自身の譲位に難色を示す右府殿を一面嫌っておられた…それゆえ今上帝(いまのみかど)（後陽成(ごようぜい)天皇）への代替わりに協力した貴殿にはいたく感謝しておられたと聞く。近衛前久や吉田兼見といった主な公家衆も実のところ右府殿の専横には辟易(へきえき)していた」

「そのような理由で信長公を討ったのではなかろう？密勅でもあれば別じゃが…」

「然(しか)り、話しが少々それた…理由は先刻筑前殿がいみじくも申されたではないか、光秀が唐入りに従うとは思えぬ云々と。あれは概ね当たっている。私も唐御陣の話を聞いた時は戦慄した、いよいよ右府殿は狂われたかと…いや貴殿もそうだが。…しかし私は自分のために本能寺を襲ったのではない。静謐（せいひつ）な世を子孫に残したい、織田信長はその真逆を行こうとした、ただその一点…いや、これについてはまた後で話す…」

光秀はそう言い置いて接待に出されていた茶をすすった。

「わしも〝狂われた〟のかのぅ…」と秀吉はつぶやいた。だが光秀の言葉を咎めはしなかった。

　ややあって、空になった茶碗を置くと光秀は話を再開した。

「決断した私は饗応役として安土城で接待中の家康殿に折を見て伝えた、まず右府殿の恐るべき本心を」

「それで家康はなんと？」

「家康殿はほとんど顔色を変えなかった。既に危機を察していたのであろう、そもそも家康は父も祖父も何者かに謀殺されておるゆえ極めて用心深い。ではどうしたらよいと思うか？と私に問うてきた。私は、もう猶予はない、ここここに至れば右府殿を討つしかないと伝え、そのための秘策を彼に明かした」

「ほほう、やはりそうじゃったか！」

秀吉はそこでまた悦に入り表情を崩して曰く

「家康は侮れん、大器晩成の風情があるで信長公も内心恐れておったに違いない。武田を滅ぼした勢いで今の内に芽を摘んでおこうと決めたのであろう。梅雪も家康討ちを聞かされておったと聞いておる。…しかし本能寺で家康一行を謀殺する策というのは…」

そこまで言って秀吉は光秀の顔を睨んだ。

「…？」

光秀も眼を開けて秀吉の金壺眼を見返した。

「明智どの、それが貴殿の〝秘策〟であろうがや！」

秀吉はしばしば尾張訛りを使う。信長もそうだったが、会話を自分のペースに引き込む一種の話術になっていた。

「…図星であろうが？…なればこそ信長公も家康も、丸腰で京で落ち合う段取りとなった、高価な茶道具だけ揃えた本能寺でナ…。首尾よく家康一行を討てば、上様の指図で貴殿は細川、筒井ら寄騎(よりき)を束ねて家康領を襲う手筈じゃった、しかし家康一行が堺から京に入る直前…正にその日の早朝…貴殿は本能寺を襲うた！家康は知らん振りをして京に向かい、道中間者…茶屋四郎次郎か…から本能寺襲撃成功の報告を受け予定通り伊賀を越えて岡崎へ馳せ戻った。違うかや？」


「さすがは天下人！」

光秀はここで初めて口元を緩め一言褒めた。だがすぐに真顔に戻り語り出した。

「概ねその通りでござる。私は策を弄して右府信長を丸腰で本能寺に入れるのに成功した。しかしその前に羽柴筑前、貴殿から右府殿への出馬要請がまず必要であった」

「そこじゃ！わしが信長公に備中へのご出馬を願うこと、読んでおったのか？」

秀吉は扇子で相手を指しながら質問した。光秀は何食わぬ顔で答えた。

「先刻申した様に、私は貴殿と修理(しゅり)（柴田勝家）殿には間者を送り込んでいた。また、信長本人からも四方の情勢は逐一聞いていた」

「なるほど、信長公は明智さまを一番買(こ)うておられたからのぅ。…わしは出れなんだが天正九年の『京都御馬揃え』の時など、信長公は肝入り役の貴殿を大層褒めちぎっていたと聞く。帝(みかど)や公家衆に対して織田軍の勢威を大いに示せたとな、…わしは出れなんだが。戦のみならず諸事に長けた明智さまを信長公は一番買うておられた」
秀吉はかつて出世競争をした光秀を無意識に嫉妬していたことを懐かしく思い出した。光秀は一言
「私をあれだけ引き立ててくれたことには今もって感謝している」
と信長への相反する思いを吐露した。

秀吉は頷きながらさらに問う。

「…ところで、わしの近くに送り込んでいた間者とは誰ぞ?」

光秀は「名もない伊賀の者よ」とだけ言い、話を続けた。

「知っての通り伊賀者の多くは右府信長に恨みを持っていた。右府殿の伊賀攻めはことに酷かったゆえ。しかしこの時家康は逃げて来た伊賀者を三河で匿った。伊賀出身の家臣服部半蔵の手引きであろう、多くの伊賀者が半蔵の下に加えられた…。それゆえ私は家康殿には『伊賀越え』をお勧めした。伊勢まではまず安全に抜けられる。…ところで、穴山梅雪が家康討ちに関わっていたというのはちと穿ち過ぎでござるわ。武田を裏切った男だが家康にすがりついて生きるしか術のない男だった。家康討ちどころか逆に家康に殺されたのだ、彼は言うまいが…。私は『伊賀越え』にも間者を付けていたから家康の動きは全て知っている。屈強な道案内が何人もいた、先程の玄蒐とやらもその一人であろう。かように『伊賀越え』は最初から周到な準備がなされていた、万一私が右府殿を討ちもらしても岡崎へ逃げ帰られる様に…」

秀吉はここで
「いや、梅雪のことはかつて家康側近じゃった石川数正からそう聞いたのですナ…」

と弁解し、続けて感想を述べた。

「しかしやはり家康は狸よの、梅雪を葬れば甲斐の穴山領は難なく手に入る。そこを拠点に次々と甲斐の国衆を調略して河尻（秀隆）を追い落とし甲斐を奪ったんじゃな。京では貴殿に信長公を討たせ、おのれは岡崎へ逃れた挙句に貴殿も見殺しにした…」

光秀は掌を挙げて反論した。

「いや待たれ、家康は約束の援軍は送ってくれた！確かに甲斐のこともあって出立は遅かったが、援軍出立の知らせは秀満（光秀の娘婿）の籠もる安土城までは届いていた…結局間に合わなんだが。あと数日あれば徳川勢の加勢を得て安土城を維持できた…。ついでに申せば安土城を焼いたのは遅参して来た徳川の手の者よ！恐らく伊賀者達であろう。信雄にくれてやるくらいなら、という訳じゃ」

「ほう、それは初耳じゃな。安土城は勿体ないことをしたが、あの城はいかにも信長公そのもの！信長公に恨みを持つ者はもう見たくなかったであろう…家康が焼いたんなら話のつじつまも合う」

と秀吉。光秀は続けた。

「…さらに申せば高山右近ら摂津衆も、徳川勢が私に付いたと聞けば羽柴方に付かなかったかもしれぬ…だが如何せん羽柴筑前、貴殿が速すぎた！あの時右近や中川清秀に、信長公が生き延びていると偽ったであろう？やはり貴殿が最高の策士よ、もっとも黒田官兵衛の献策であったとも聞くが」

秀吉は皺だらけの顔を歪めて笑った。

「ひゃっひゃっ、いかにも本物の策士は官兵衛よ、毛利と渉り合えたのもあやつのおかげだで。しかしあれと出会ったのもわしに天運が舞い込んだからだで明智さま！…ついでに天運といえば、信孝と丹羽長秀がまだ四国に渡っておらなんだこともつ・い・ておった。あれも一日違いだったで…もっとも兵は相当逃げ散っておったが…。それから家康の援軍というのも、甚だ心もとない口約束ではなかったかや？確かに家康は信長公に恨みがあったろう、妻子を殺されたでナ。信長公とはいずれ破綻する運命にあったであろう、武田が無うなったらはっきりしてくる！それで家康は貴殿と組んだのかもしれんが、それこそ梅雪も殺した様な男だで！大狸でござるヮ。本多正信という官兵衛並みの知恵者も付いておるしナ。信長公を討つ一点で手を組んだだけで、本気で貴殿を助けるつもりであったかどうか、そこは怪しいでや…」

「いやそんなことはない！家康殿は叔父の水野忠重を間者として信忠軍に付けておった。私は本能寺のあと二条御所で信忠も討ち、忠重殿を岡崎に帰らせて援軍要請をした。だからこそ主君家康の無事帰国を待って徳川勢が西上を開始したのだ。先鋒が美濃まで来たところで山崎の敗報を聞き、西上を諦めざるをえなかった…。もし貴殿の中国大返しがあれほど速いと分かっておれば私は本能寺のあと先ず摂津に向かったであろう、さすれば摂津衆の多くは調略できた！順慶も離れはせなんだ…。その勢いで泉州にいた惟住（丹羽長秀）殿を取り込み、さらに徳川軍の来援叶えば羽柴の軍勢もなんら恐るるに足らず！…いや、敗軍の将の繰言でござる、お聞き流しあれ…」

　思わず熱弁を振るった光秀は家康との同盟関係を強調していた。これに対し秀吉曰く
「なるほど、危ないところであったナ。確かにあの決戦は摂津衆が鍵を握っておったで、わしは調略にあらゆる手を使うた！特に高山右近はバテレンの言う事には従うから宣教師オルガンチノを使うた、これも官兵衛の策じゃが効いたでや！ひゃはっ…さて、」

　本能寺の変に始まる劇的展開を回想した秀吉はのどの渇きを覚え、義演に茶を所望した。義演は席を外し小坊主に碗入りの茶を二つ用意させた。

「光秀どのももう一服いかがか？」

秀吉は好みの大井戸茶碗にたっぷり点てられた薄茶を喫してのどを潤した。

千利休から古田織部に茶頭を変えて以来秀吉は小間の茶室をほとんど使わなくなっていた。というのも秀吉は織部とは密談をしないので広間で十分だったのである。逆に言えば秀吉と利休がいかに密談をしていたか、ということが分かる。利休が単なる秀吉の茶頭ではなく私的政治顧問だったことは明らかであり、天下統一が成り政治顧問より能吏が優先される時代が到来して利休も表舞台から消えることとなった、これも世上よく知られている。

三　利休

「ところで、この大井戸はよかろう？」

秀吉は朝鮮みやげである枇杷色の大井戸茶碗を撫でながら賓客との夜話を再開した。井戸茶碗とは朝鮮半島の日用陶器を移入して茶道具に見立てたもので、特に大振りで深いものを「大井戸」と呼んだ。利休も好んだがその後任である織部はより積極的に井戸茶碗を集めた。「枇杷色」と言われる明るい発色と釉薬の独特の縮れが秀吉の好みにも合ったらしく、朝鮮から盛んに持ち帰られた。

　光秀は井戸茶碗にまつわる逸話に触れた。

「…筒井順慶も細川父子(おやこ)も大井戸茶碗を愛でておった。山崎合戦の後、順慶は愛用の大井戸を貴殿に贈って所領安堵を得たと聞くが…」

「うむ、あの茶碗はのう」

と秀吉は少し決まり悪そうに述懐した。

「色も形も極上であった、気に入ったので順慶の帰参を許した。だがまもなく順慶は急死しおった、と同時にあの茶碗も割れての…貼り合わせてみたが気味が悪うなって幽斎にくれてやったのよ。『筒井筒』と名付けられて誰ぞの手に渡ったと聞いておる…」

　光秀はここで表情を緩めて嘆じた。

「いや、あの時順慶が計画通り洞ヶ峠まで出て来てくれれば…と今でも悔やしゅうてならぬ、はは…」

「正にのぅ。だがあやつの調略は容易（たやす）かったで」と秀吉。

「順慶の調略というと…先ほど言われた興福寺の?」と光秀。

「〝果心居士〟か?そやつのことはよう知らん。雑説（ぞうせつ）（噂）では興福寺を出て信貴山で松永久秀に仕えておったとか…詳しゅうは義演に聞かれよ。何にせよ順慶はわしが直に勧誘した、大和一国安堵すると約束してナ…」

　光秀は真顔に戻って話題も戻した。

「順慶のことはもうよい。ところで…たかがこの井戸茶碗のために大軍を半島に渡海させた訳ではござるまい…。そもそも貴殿の唐入りは何のためであったか?やはり右府殿の狂気が乗り移ったか?私が何のために本能寺で右府殿を討ったのか、先刻申したはず。今さら咎めても詮無きことだが、せめて速やかに引き揚げさせるのが両国の天下万民の為ではないか?」

「筒井筒」（個人蔵）
URL：tea-ceremony-tokyo.club

　秀吉も真顔になった。

「…その話はよそうで…利休を思い出すワ、光秀どの」

光秀は秀吉を見据えながら一言。

「宗易殿か…やはり、」

「あれにも反対された、何のための唐入りか?とな。…そりゃあもちろん、豊臣の天下を続けるためだで。」

戦好きの虎之助（加藤清正）や市松（福島正則）ら武者衆は言うに及ばず、毛利や島津の様な外様は戦をさせておくに限る。伊達（政宗）まで行かせたから本当は家康も行かせたかったが…要は常にどこかで戦をさせて奴ばらの力を殺ぐ、これが最大の理由だで！分かるであろう？」

「…なんと身勝手な、朝鮮の民はどうでもよかったのか？後世に禍根を残すは必定。宗易は何と？」

「分かったと言うた。だが暇をくれとも言うた…だから追放した」

「堺へ追放して、殺したのではなかったか？」

光秀は問い詰める様に秀吉を見つめた。


秀吉は首を左右に振ってから語り出した。

「今宵はありのままを申し上げると約束したゆえ、利休のことも真実を申し上げる。…利休は唐入りに反抗して暇乞いをしおった。まぁ茶頭なら織部がおったし諸大名の手前処罰することにしたが、あれを殺すつもりはなかった、宗二とは訳が違う。だが三成ら奉行衆の利休への憎しみは強うて讒言にはこと欠かなんだ、追放しても利休が生きておれば諸大名への悪影響は続くとな…。結局わしは黒田官兵衛に頼んで奴の領内（豊前）に利休を隠れ棲まわせることにした。表向きは切腹したことにして、一条戻橋によく似た首を晒しての…これは与一郎（細川忠興）と織部の献策よ。もちろん奉行衆にはこれじゃ」

と言って秀吉は両手で〝いわざる〟の格好をした。これに対し光秀の曰く
「その話は美濃でも聞いた、利休宗易の首は一夜で無くなったと、それゆえ代わりに大徳寺の木造を磔にしたと…」

「首を盗んだのは息子の少庵であろうと噂になっての、放っても置けぬゆえ捕まえて会津の（蒲生）氏郷のもとに放逐した…」

「氏郷や忠興、織部といった面々はみな宗易の弟子、彼等は師の宗易をかばったであろう？」

「たかが茶ではないか！宗二のこともあるで、わしに逆らってまで利休をかばうまいと思うたが…いざ利休処罰となると色々動きがあった、利家や大政所まで出てきてな。わしは板挟みになった」

「奉行衆と〝利休七哲〟の？」

「左様。そこで官兵衛に頼んで利休を豊前に匿わせたという訳よ、捨て扶持三百石与えてな。官兵衛が如水軒と号して茶に凝りだしたのはその所為じゃ。……今は利休も死んで息子の道安が継いでおる」

「なるほど…実はある公家からも宗易は九州に逐電したと聞いたことがある」

「晴豊（大納言勧修寺晴豊）か？」

「いかにも。私は晴豊卿には恩義がありましてな、時折書状を…」

「おお、確か貴殿の息女を匿っていたな？いや、咎めはせん。…ときに息女とは会うておられるのか？」

「私が生きていることだけは伝えたが、会うてはない」

「…与一郎（忠興）に嫁した息女とも？」

「うむ、玉にも」

「会うてないのか？」

「会うてはなるまい…忠興が困ろう…」

光秀はそこで瞑目した。秀吉も一瞬言葉に詰まったが、すぐに
「わしから与一郎に話すゆえ、ここで会われよ！」

と言った。光秀は
「太閤殿下、あの末娘はキリシタンでござるぞ！やめろという私の説教も聞かなかった筋金入りの、」

と遠慮したが、秀吉は剽げた。

「明智どの、この際固いことは抜きでや！ひゃはっ」

光秀は目を閉じたまま存念を語った。

「もうよいのだ、会わぬ方がよい。他にも妙心寺に入った倅（せがれ）…梵珪（ぼんけい）と名乗り今は泉州岸和田の寺にいる。私の絵を描いてくれたそうな、若い頃のな…不憫な倅だが出家させたので唯一生き延びてくれた、互に息災であると分かっておればそれでよい…。しかし、貴殿の先ほどの台詞（ことば）…昔の〝木下藤吉郎〟を彷彿とさせた。利休宗易の処遇といい、貴殿生来の全うな心はまだ失せてはおらぬと見た…唐御陣なども早く終わらせられるがよい」

　秀吉は複雑な顔をして黙り込んだ。

（わしは朝鮮出兵で結局後世に悪名を残すことになるかもしれんな…一方利休は、わしに殺されたことになって却って後世名を上げるであろう…光秀もか？）

四　愛宕百韻

　ややあって、秀吉はまた話題を転じた。

「ときに光秀どの、信長公を討った理由は〝唐御陣〟だけかや？他にも色々噂があったが…」

「例えば？」

「先刻も申したが、帝（みかど）の密勅があったというのは？」

「正親町帝の？」

「左様、わしは毛利攻めで多忙であったゆえ当時の朝廷のことは疎いが、先帝（さきのみかど）が蘭奢待（らんじゃたい）（皇室の御物）を切り取らせたりする信長公に当惑しておられたことは間違いない。信長討つべしとの密勅が光秀宛てに在りうべしと言う者もおった」

「それはあり得ぬ。確かに正親町帝は右府殿に〝当惑して〟おられたがそれ以上に頼りにしておられた！ことに財政のことで。右府殿も皇室を蔑ろにするような態度はとらなかった。蘭奢待の時も帝はむしろ進んで切り取らせていた。密勅というが義昭公があれだけ望んでも先帝は全く応じられなかったのでござるぞ、そこは賢い帝であらせられた」

「なるほどのぅ、いや実のところわしもそう思う。義昭公や本願寺では皇室を支えられまいからな。譲位を許されなんだというが、信長公の頃は仙洞御所（上皇の在所）も無うて譲位しとうてもできなんだのよ。先帝がそれを恨むことはあるまい。信長公の遺志を継いでわしが仙洞御所を設えたゆえ、先帝のお気持ちは分かるのだワ」

　秀吉は続けて訊ねた。

「さて、では去年亡くなった義昭公、あの御仁と貴殿はどうであったのか？当時は鞆の館で毛利に囲われておったがナ…義演、そなたもよう聞いておけ」

　光秀はまた目を閉じて述懐した。

「義昭公も亡くなられたか！義演殿には謹んでお悔やみ申し上げる。いや、もうはるか昔のことでござる、彼の御仁にお仕えしたのは。…永禄十一年義昭公を戴いて上洛した。その時右府殿、いや織田上総介信長と出会い、義昭公をお護りする中で比叡山焼討に加わり、結局織田家に鞍替えすることになった。やがて…右府殿の命で宇治槙島城に義昭公を攻めたが…あの時は実に断腸の思いであった」

「うむ、さもあろう」

「私は都落ちされた義昭公にはせめて生き永らえてくれればよいと、それ以上願うこともまた逆に願われることも無かった。ただ天正十年五月右府殿を討つと決めた時は、毛利の庇護に甘んじているかつての将軍を懐かしく思い出した。しかし義昭公とは互に何の沙汰もござらん！」

秀吉は「いや分かっておる！」と言って掌を上下に振った。

「義昭公には御伽衆も務めて頂いたでナ、大概のことは語り尽くした…。明智どのの存命を聞けばさぞ会いたがったことであろうよ、のぅ、義演！」

義演は一礼し、やや遠慮がちに意見を述べた。

「恐れながら殿下、明智様に信長公を討たせたのは、帝でも将軍でもなく、正しく〝天〟そのものではなかったかと…」

「…なるほど、〝天命〟か。そうかもしれんのぅ」

と秀吉は唸った。


気が付けば篝火のはじける音に松籟の音が重なっていた。

「…風が出てきたな、今どき夜半の松風か…」と秀吉。

まもなく日付の改まる亥の下刻（午後十一時）、と義演が告げた。山内は不寝番以外は寝静まり、狐狸妖怪譚も増える刻限、夜話も佳境に入っている。

秀吉は昔よく使ったへうげ顔になって意外なことを語りだした。


「ときに明智どの、頼みがござる！」

「何事？」

「他でもない、この秀吉が死んだ後のこと……まだ幼い我が子に後を託すのは酷だで、あれの元服まで大老と奉行に役目を分けて天下を治めてもらおうと思うておる……いや、明智どのには忌々しい話でござろう、しかしまもなく幼子(おさなご)を残して冥土へ参らねばならぬ身…後生だで聞いて下され！ここに来て己れの罪業を思い、神仏に手を合わせる日々でござる。ついては、この命尽きる前にわしは何を為しておくべきか。朝鮮からの撤兵か？それはすぐにはできん…与える恩賞が全く無い…。だでそれ以外でどうか教えて頂けまいか…明智どの」

秀吉はかつての仇敵光秀に一種虫のいい頼みごとをした。


光秀は昔信長の前で剽げていた秀吉を思い出しこの仇敵に妙な親しみを覚えた。

（けだし〝人たらし〟と言われただけのことはある。自らの下賤の出自を逆手に取り、次々と人を惹き付けて味方を増やし末は天下を取った。こんな男は二度と現れまい…）

前半生浪人として長い雌伏の年月を過ごした光秀は永禄十一（一五六八）年織田信長に見出され遅咲きの花を咲かせた。それから約十五年、あの「本能寺」まで同じ信長の重臣として功を競ったのが秀吉であった。当初木下藤吉郎と名乗っていた秀吉は、新参者の光秀にも「明智さま」と長幼の序を忘れず愛想を振りまいた。足利将軍直参として信長の覚えめでたい新参者に対してともすれば冷ややかな織田家中にあって、秀吉だけは常に笑顔で光秀に接してくれた。運命の為せるあやで天正十年山崎天王山で雌雄を決したが、勝敗は天運次第であることは光秀も承知している。かつてそんな時代があったことを回想しつつ光秀は老いた秀吉に向き合った。

戦の勝敗とは別に、光秀は秀吉に対して容赦しかねることが一つあった。秀吉が祐筆大村由己に書かせた『天正記』の第二巻『惟任退治記』において事実を捻じ曲げたことである。ことに「本能寺」の直前愛宕権現で詠んだ自作の歌を改竄(かいざん)されたことは許し難かった。光秀はこの機会に積年の恨みを婉曲に語ることにした。

「まず筑前殿、貴殿は辞世の歌はもう詠まれたか？」

秀吉はまた猿の様に目を丸くして
「おお、辞世ならもうこしらえておる」と言って義演に目配せした。義演は「お待ちください」と一礼して席を立ち一旦退室した。秀吉の曰く
「…この後(のち)書き改めることもあるまい、聚楽第完成の時詠んだ辞世の歌を今持って参る。もう長年孝蔵主(北政所の筆頭上臈)に保管させておるが、写しを義演にも預けておる…」

　光秀は二の句を継いだ。

「ところで私の辞世を覚えておられるか?」

秀吉は少しぎょっとした様に見えたが、少し考えてから答えた。

「おお、覚えておるとも。…心知らぬ　人は何とも　言はばいへ　身をも惜しまじ　名をも惜しまじ…であろう?それから漢詩もござったな?」

「いかにも。覚えていて下されたか」

「…明智さま、全部は覚えておらんのだワ。待たれ…順逆二門無く、大道心源に徹(とお)る、五十五年の夢、覚め来たれば……」

「一元に帰す!」

「おお、それじゃそれじゃ。しかし明智さま、五十五とは、少し若返られたのか?」

と秀吉は顔を皺だらけにして笑った。

　光秀はさらに三の句を継いだ。

「では、私の〝愛宕百韻〟の発句は何でござったかな?」

「愛宕百韻」と聞いて秀吉はまたぎょっとした。改竄を光秀に追及されるのが怖かったのだろうか。そこに廊下側の襖を開けて三方を掲げた義演が戻ってきた。これ幸い

愛宕山

と、秀吉は義演に尋ねた。

「義演、明智どのの『愛宕百韻』の発句を覚えておるか！」

秀吉の急な問い掛けに驚いた様子の義演を光秀がかばった。

「義演殿、それは後でよい。貴殿はまず太閤殿下の辞世を披露せられよ。殿下、よろしいな？」

秀吉に異存はなかった。背筋に冷や汗を感じつつ「ではお先に」と言って義演に目配せをした。義演は三方に載せてある包みを開いて中から短冊を取り出す。秀吉はまた目で合図をし、義演が短冊に書付けられた一首を読み上げた。

「つゆとをち　つゆときへにし　わかみかな
なにわの事も　ゆめの又ゆめ」


秀吉は歌の解説を始めた。

「この歌を詠んだのは聚楽第完成を祝った天正十五年でな、思えばわしの絶頂期であった。九州の島津と東海道の家康を臣従させて新帝（後陽成天皇）の行幸を仰いだ頃よ…」

早速光秀が評し、辞世談義となった。

「それにしては控えめな、いやなんとも無常観に満ちた歌でござるな…」

「うむ、実はあの少し前禁中で皇太子誠仁（さねひと）親王（正親町天皇の嫡子）がお隠れになっての、老いた帝の悲嘆を思うて追悼歌を詠んだ。〝つゆとをち　つゆときへにし　あさがほや　いづれの花か　世にのこらまし〟…わしの辞世はここから引いた。わしとていつ死ぬか分からん、それ位の分別はあった。おのれの栄華の陰に信長公や明智どのの無念が見え隠れしての、浮かれてばかりはおれぬと思うての…しかしまさか生きておられるとは思いませなんだ、ほほっ」

「なにわ、とは大坂城のことでござるか？」

「いや、大坂城はもちろんじゃが、わしの人生一切合財ひっくるめてのことだで。まことに夢幻の如き一生であった…」

「夢幻か…右府殿の『敦盛』を思い出し申す。あの日、本能寺でも一指し舞われたであろうか？いや…それを申さばおのれこそ真の幻よ！明智光秀は織田信長の後を追って逝ったゆえな。くっくっ………」

「しかし明智どの、貴殿にはまだ幾人かの子女がこの世で血脈をつないでおる。信長公も多くの係累を残した。わしは…幼子たった一人だけだで！なんとも心細いことじゃ…」

「いや、所詮人間は一滴の露、と貴殿は喝破しているではないか！親子といってもそれぞれの行く末は結局天のみぞ知る。たった一人とは申せ子を残した貴殿はそれだけで果報者と思し召せ。そしてお互い還暦を無事過ぎただけでもめでたい限りではないか？」

「明智どの、その達観、さすがは冥土に逝かれただけのことはある。なまじ現世の夢に酔うたわしには思い及ばぬ…やはり天罰かの？」

光秀はここぞと切り込んだ
「なるほど、天罰といえば私も然り。そこで先ほどの問いに戻ろう。天正十年五月愛宕権現で詠んだ私の発句を覚えておられるか？」
秀吉はいよいよ窮した様に渋面となった。その挙句ついに手を付いて光秀に詫びたのである。
「…明智どの、済まぬ。大村由己の発意で一字書き換えた。正しくはこうじゃ。〝ときは今　あめが下なる　五月かな〟」

光秀はさらに質した。

「筑前殿、ではその時の挙句をご存知か?」

秀吉は垂れた頭を上げた。その顔はまた狂言面の「猿」になっていた。失念した様子である。光秀も質すのを諦めたのかまた「景清」の顔になり、諭す様に語り出した。

「されば愛宕百韻の挙句を教えて進ぜよう。〝国々は猶のどかなるころ〟…この挙句は光慶(光秀の嫡男)の名で私が詠んだ。なにぶん光慶はまだ若年にて…今は出家して岸和田にいる。そう、あの梵珪よ…。いや、筑前殿、この発句と挙句を繫げれば私の願いが自ずと知れるであろう?只々昔ののどかな時代を再現したいと願ったのだ。それはもちろん土岐氏の再興という究極の願いに通じている。

…それがいつのまにか〝あめが下しる(領る=支配する)〟とされた!私は信長を討ったが、天下を制しようと考えた訳ではない!貴殿とはそこが違う。だが曲解されたことはまことに慙愧に耐えぬ」

秀吉は弁解した。

「明智どの、あの発句を〝下なる〟から〝下しる〟に換えたのはわしの祐筆大村由己じゃと言うたが、実はその以前から換わっておった。誰の仕業か糺すべく里村紹巴(連歌界第一人者、愛宕百韻連衆)と行祐(愛宕山住職、同上)を呼んで糺したが、結局分からなんだ…」

これを聞くや光秀は初めて気色ばんだ。

「筑前、見え透いた嘘を吐くでない!紹巴たちを脅して私の逆心を悪し様に捏造しようとしたのであろう?愚かな!彼等に〝光秀の謀反を知っていた〟と証言させる様なものだ。誰が進んでそんな濡れ衣を着るというのだ」

光秀の剣幕に圧倒され、天下人秀吉も返す言葉が無かった。光秀は続けた。

「事実、私は愛宕百韻においてはひたすら天下の静謐を祈願した！〃国々は猶(なお)のどかなるころ〃…これは先ほど申したであろう。逆心なるものがあったとしても、その様な大事を直前に他人に洩らすと思うか？紹巴もさぞ面食らったことであろうよ、くっくっ……」

積年の恨みを仇敵に敢然とぶつけた光秀は、ひとまず溜飲を下げたのか最後は表情を崩した。

　秀吉はもう何も言わなかった。余計な弁解をするより〃言わぬが花〃を決め込んだ様である。が、場が持たないのを感じた秀吉は義演に佑助を求めた。

「義演、そなたは明智どのの愛宕百韻をどう見るか？」


「恐れながら…」と前置きして座主義演は訥々と語り始めた。

「あの発句を一字書き換えたのは何方(どなた)か分かりませんが、秀吉様を忖度するお方である事は確かでございましょう。その気になればたやすい事かと…。しかしそれはもうどうでもよいこと…そもそも百韻連歌本来の目的は連衆(れんじゅ)一同揃って天の恵みに感謝することにございます。百句を連ねて一巻とし、天神に奉賛いたしますので、内容は至ってめでたいものなのでございます。本能寺のことがありましたゆえ明智様の発句が色々ご詮議を受けましたが、百韻連歌の趣旨からしていきなり禍事(まがごと)を連想させる様な発句はありえません。あの愛宕百韻も、行祐(ぎょうゆう)の脇句〃水上まさる庭の松山〃、紹巴(じょうは)の第三句〃花落つる池の流れをせきとめて〃、そして挙句に象徴される〃のどかなるころ〃…そうした情景を連衆一同素直に共有なさったに相違ない……いや、殿下、僭越なことを申しました。なにとぞご寛恕を…」

「なるほど、連歌とはそういうものかや！」

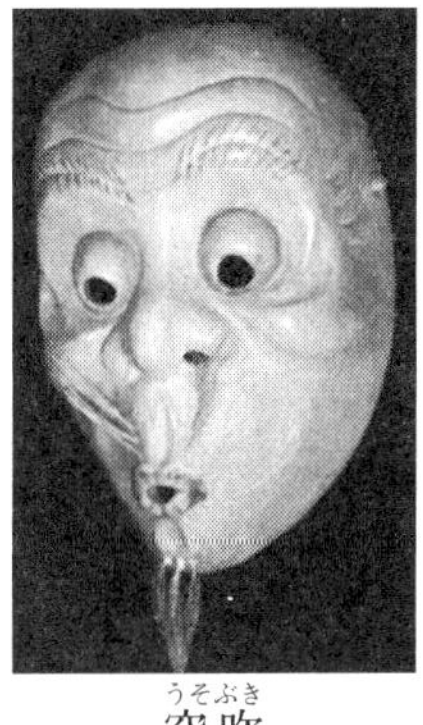
空吹(うそぶき)

秀吉も素直に得心した様であった。光秀が応えて夜話も終局に向かう。

「左様。分かって頂けたか、太閤殿。戦の無いのどかな国々はよいぞ、そう思わぬか?」

「うむ、それはそうじゃが…ほれ、今わしが死んだらまた戦の世になろうの?」

舞尉
URL：nohmask21.com

「それは貴殿の心がけ次第よ。筑前殿、蜀の劉備が諸葛孔明に何と遺言したか知っておるか?天下の采配を自分の息子に渡してよいか否か孔明に委ねたのだぞ、その分別がまず欲しい。…なにわのことも夢のまた夢…筑前殿、貴殿は今まで三国一果報な夢を見てこられた。子に同じ夢を見させることはとても無理と思し召せ。…貴殿の後を務めうる者は家康しかおらぬ!この際天下は彼に任せ、嫡男秀頼には大和辺りに百万石位もらってのどかに暮らさせよ」

「家康か…なにゆえあやつを買う?」

秀吉はやや不足気な顔つきで訊いた。光秀は逆に質問した。

「されば、太閤殿、家康の馬印に何とあるか覚えておられるか?」

「…おお、確か〝厭離穢土、欣求浄土〟…」

「いかにも、して、その意味は?」

「うむ、あやつも抹香臭いところがある、あれは浄土教の経文じゃろう?わしは高野山だで、浄土教はよう知らん。教えて下され」

光秀は再び説教を始めた。

「〝厭離穢土、欣求浄土〟とは、王朝時代の仏教書『往生要集』の冒頭に出てくる言葉でな、現世に悲観したとしても弥陀の本願を信じて彼我救済のため刻苦勉励すればいつか必ず仏の加護を得るというものだ。家康は桶狭間合戦の後菩提寺である三河の大樹寺でそれを悟り、おのれの指針としたという。右府殿とは対照的な思想じゃ。一方私は右府殿に従い比叡山焼討ちに参加したが、思えば右府も私も最後に天罰を受けた…坂本の西教寺を再興したのは贖罪の積もりだったのだが…そう、貴殿の高野山、方広寺、そして当山（醍醐寺）などへの寄進もきっと贖罪であろう。いやそこで家康だが、確かに狐狸妖怪の顔も持っておるが、〝欣求浄土〟の思想が彼の根本にある！すなわち彼は天下の覇業のみが武士（もののふ）の道ではない旨（むね）を悟っている、私はそこに一縷の望みを託す。私が愛宕山で詠んだ句の趣旨も家康のそれに近い…静謐なる、のどかなる国を一向（ひたすら）に希求したのだ」

秀吉はいぶかしげに聞いていたが、話の区切りを待って反駁した。

「なるほど、それが〝欣求浄土の思想〟か？」

「いかにも、私なりの解釈だが」

「…ありがたい教えじゃ。しかし恐らくそうはならん…〝天下の覇業〟なくして何が武士か？〝静謐〟というのも利休がよく使うた言葉じゃった、明智どのも似ておるのぅ。確かに寺社神仏を崇めることは大事じゃ、そこは信長公より貴殿らに軍配を上げたい。只な、だからと言うて天下の采配を家康に、か？それはわしの口からは言えんのぅ」

「なにゆえ？」

「光秀どの、天下の采配を振る者は〝天〟が決める。天は阿弥陀さまでも権現さまでもにゃあ、もっと高みにおわします。わしが天下人となれたのも天運のおかげだで、天から頂いたものは天にお返しせにゃならん、わしから家康にやれるものではない」

「うむ、よくぞ申された！」

ここで光秀は膝を打った。そしてまた弁明とも説教ともつかぬ独白を始めた。

「太閤殿、今の言葉お忘れめさるな。私も僭越なことを申したが、現世は所詮一炊の夢、いや夢のまた夢…その境地に至れば誰しも〝天下の采配〟に執着せずともよくなろう。子を思う親の思いは尊い、しかし天に抗ってはならぬ。確かに貴殿から言わずとも世の行く末は自ずと天が導くであろう…」

「〝世の行く末は自ずと天が導く〟か、」

秀吉は光秀に褒められたのが嬉しかったのか、あっさり自説を曲げて迎合した。

「明智どの、けだし名言でゃ！奉行達に聞かせてやりたいもんだで…。〝時は今〟正に〝五月〟じゃ、〝のどかなころ〟が末永う続いて欲しいものよ！」


既に日付は改まり子の刻（午前〇時）を過ぎていた。

「うむ…では太閤殿、そろそろ…」

光秀は辞去の意向を口にし
「来てよかったと存ずる。もう会う機会は恐らくあるまいから、今宵のことはよく覚えておこう。しかし太閤殿、くどい様だが唐御陣は早く終わらせられよ」と念を押した。

「…明智どの、心配には及ばん…恐らく今年の秋までには終わりまするヮ」

秀吉は見るからに寂しげな顔をしてそう言って目を細めた。その目に一滴の涙が光るのを光秀は見た。

（昔から涙もろい男であったが…この期に及んでは説教などするべくもない…）

秀吉の涙が意味するところに深い諦観を覚えた光秀は、無言で席を立とうとした。

「泊まっていかれよ」と秀吉は勧めたが、光秀は遠慮する旨を伝えた。

「山科に宿所を用意している。月も令く風も和らいだ、ゆるゆる帰ろうと存ずる。しかし今宵は有意義でござった、御礼に一指し舞って進ぜよう…」

〽かっぽーん

とそのとき、何処からか不思議な鼓の打音が聞こえてきた。室内の三人には誰の手による鼓かはすぐに知れた。

「味なことをする奴だの…」と秀吉。

「まことに、がたいの割には、風流な…」と義演。

光秀は桔梗紋入りの扇子を手に朗々と謡いながら仕舞を始めた。その折り目正しい舞い捌きはかつて織田家中随一と謳われたところである。謡いに合わせて何処かより鼓の音。

「〽それ天下の覇業のみ　もののふの道にはあらず　ただひたすら　欣求すべきは　尭舜の嘉例…」

秀吉が即興で続けた。上手くはないが晩年能舞台での舞は習っている。

「〽四方の国々も　民のとざしも　かかる御世こそ　めでたけれ…」

最後に光秀が締めくくった。

「〽時は今　あめが下なる　五月かな　国々は猶のどかなるころ」

（補記）

本稿の重要参考図書として左記二冊を挙げさせて頂きます。

『光秀からの遺言』明智憲三郎（河出書房）

『利休切腹』中村修也（洋泉社）

令月

清麻呂公昔日譚

和氣神社清麻呂像

序　和氣神社にて

「和気清麻呂」について語りたい。岡山県ゆかりの「偉人」なのだが、この人物についてはあるいはご存知ない方も（特に若い世代では）おられるのでは、と推察する。実際最近の小中学校の教科書には登場しなくなっている。

戦前は和気清麻呂といえば拾円札の顔として聖徳太子並みの知名度があった。楠木正成と並ぶ「忠臣」として皇居お濠端に銅像まである。戦後、皇国史観の否定が進む中でかつての「忠臣」は肩身が狭くなったが、加えて清麻呂を語る時は「称徳女帝」と「弓削道鏡（ゆげのどうきょう）」の〝スキャンダル事件〟（道鏡事件）が必ず付いて回るため、文部省では児童生徒への「教育上」もあえて触れない方針になっていったのだろう。

ついでに言えば戦後は井上光貞博士に代表される実証的古代史研究上も、坂口安吾の『道鏡』など文芸作品上も、この古代のスキャンダル事件に関して清麻呂は脇役の扱いである。戦後皇室が自由に語られるようになった中で、女帝と怪僧の強烈な個性の前に「忠臣」の影は薄くなってしまったという側面もあるだろう。

本稿ではこのいわゆる「道鏡事件（宇佐八幡宮神託事件）」の顛末については皆様ご承知であると仮定の上、改めて「郷土の偉人」としての和気清麻呂に光を当ててみたい。

奈良時代の「忠臣」和気清麻呂は今の岡山県和気郡和気町（当時の地名は備前国藤野郡）の出身。生誕年は天平五年（七三三年）、聖武天皇の御世である。清麻呂の遠祖は第一一代垂仁天皇の皇子鐸石別命（ぬでしわけのみこと）と言い、命（みこと）の曾孫弟彦王（おとひこおう）が神功皇后の命でこの地を平らげて土着し和気氏を名乗ったと『新撰姓氏録』という古書にある。一族は吉備の国東部（吉井川流域以東）を領域とし、旭川・高梁川流域に版図を広げる吉備氏に伍して栄えたが、背景としていわゆる古代吉備政権が畿内政権（大和朝廷）に呑み込まれていく歴史があり、和気氏は勝者（大和朝廷）の先鋒と見なすことができる。弟彦王の一二代の子孫が清麻呂とその姉広虫（ひろむし）である。

和気氏の氏神となった鐸石別命を祀るのが和氣神社（山陽本線和気駅から東方約3キロ）だ。ここには明治四二年から清麻呂、広虫も祭神として加えられ、昭和五八年（清麻呂生誕一二五〇年）には神社参道に清麻呂公の大きな銅像が建った（像の原作者は吉備津神社の犬養木堂像と同じ文化勲章彫刻家朝倉文夫）。岡山県に住んでいる方は一度参られるとよい。特に毎年四月下旬から五月にかけての「藤まつり」の頃は神社隣の「藤公園」に百数十本ある藤の花が見事である。

清麻呂の父乎麻呂（おまろ）は藤野郡の郡司だったが、清麻呂成人の前に亡くなったといわれている。まだ未熟だった清麻呂は領内の統治を叔父に頼み自身は既に宮中に上がっていた姉の広虫を頼って平城京（ならのみやこ）に上った。一二歳だった（上京時の年齢は諸説ある）。しかし頼りの姉広虫もまだ一五歳で一介の女孺（下級女官）。二人は肩を寄せ合いながら宮中で励んだ。幸運なことにまもなく広虫は皇太子高野皇女（ひめ）（後の孝謙女帝）のお気に入りとなる。なるほど、広虫は相手の気持ちを察する天性の勘の良さと人をいたわる生来の慈愛心を有していた。史上初めて女性皇太子となった高野皇女は、生涯結婚を許されない宿命を背負い、心の伴侶として広虫のような聡明な側近を必要としたのである。こうして最強の後ろ盾を得た広虫は清麻呂の母代わりとなり、彼を大学寮に入学させ学問で身が立つようにしてやった。

天平勝宝元年（七四九年）、高野皇女は父である聖武天皇から皇位を譲られ、即位して孝謙天皇となる。女帝この時三二歳、広虫は二〇歳、清麻呂は一七歳。新帝は父上皇、母皇太后（光明子）、従兄（いとこ）の大納言藤原仲麻呂らの後見を受け政権は盤石。平城京（ならのみやこ）は「匂ふがごとく」今が盛りであった。

一　平安宮にて

延暦一七年（七九八年）、既に四年前平安遷都の詔が発せられ、これを建議した民部卿和気清麻呂は新都平安京の造宮大夫として、長男広世らの補助を得て新都建設の最高責任者の地位にあった。清麻呂より四年若い桓武帝（桓武天皇）も既に還暦を過ぎたが、先に完成している宮城（大内裏）に腰を据え、新都造営総監督の他数度の蝦夷征伐、班田（農地分配）制度の大改革など多忙な日々を送っていた。清麻呂の姉広虫も齢六九歳、新都の北西愛宕山系に建てられた和気氏の氏寺に籠もり亡き女帝の供養を続けていた。

宮城の園に植わる紅葉が見ごろの神無月、清麻呂は帝のお召しを受け参内していた。本来帝にまみえる時は応天門から入り正殿である大極殿に参内するのだが、この日は内裏（皇居）の中に入るように、との命。桓武帝は平城京時代の宮中のしきたりを簡素化しようとしていた。実務家でもある帝にとって謁見の都度広い宮城内を正殿まで移動する儀礼は時間の無駄であったに違いない。この日清麻呂は建礼門を潜って内裏に入り、帝の私的政務所である紫宸殿に向かった。すっかり葉の色付いた左近の桜に近付くと殿内から声がした。

「清麻呂、ここへ参れ」

桓武帝が明るい庇まで出てきて手招きをしていた。

桓武帝は若い頃山部王と名乗る「部屋住み」皇族であった。皇族ではあったが当時の嫡流天武系ではなかった（彼は天智系だった）上、生母の位が低かったため朝廷内の立場は臣下に近かった。少しでも皇位を窺う素振りを見せれば「政変」とされ、長屋王（天武系嫡流だったが藤原一族に嵌められた）のように命を失うことになったのである。

　天平宝字八年（七六四年）の秋、山部王二七歳の時「藤原仲麻呂の乱」が起こり、彼は孝謙上皇方で武功を挙げた。その論功行賞で翌年山部王は従五位下侍従となり、重祚した称徳女帝に仕えたが、このとき同時に清麻呂も従五位下に昇進した。しかし清麻呂は既に右兵衛少尉という官職にあったので、「同期」の中では格上だっただろう。「王」の称号を持つ皇族はさらに格上だったが、山部王は四歳年長でもある清麻呂に一目置いた。

「この男は偉くなるだろう」

　余人にそう思わせる礼節・威厳を清麻呂は備えていたからである。


「清麻呂、顔色は良さそうじゃの。入られよ、気兼ねは無用ぞ」

　桓武帝は清麻呂を紫宸殿屋内に招き入れつつその体調を気遣った。この夏清麻呂は病を得、民部卿兼造宮大夫の辞任を願い出たのだが桓武帝はこれを許さなかったという気兼ねがあったのだ。何もせずともよいからそこにいてくれ、という帝の要請を清麻呂は受け入れていた。

「勿体ないお言葉、恐れ多いことでございます」と清麻呂は畏まった。

「何、気を遣うな。今日はそちと昔話がしたくてな、堅苦しい行儀は要らぬ」

　紫宸殿は皇居である内裏の中心、公的な儀式も行っていたが当時は正殿にある高御蔵のような常設玉座はない。諸事遺風を嫌う桓武帝は板の間に置かれた椅子に腰を掛けた。玉座とは思えない簡素な折り畳み椅子、唐から渡って来た帝お気に入りの調度品だった。帝は清麻呂にも同じ椅子を勧めたが、清麻呂は
「勿体なく……」

と遠慮して床に跪いた。帝は、そちは古風じゃな、と笑って許した。

称徳女帝の時代、山部王と清麻呂は、栄華を極めた「天平時代」の終幕をその眼で見た。と言うより清麻呂などは命がけでその幕を降ろす役どころを担った。自身が期待もした「続・天平時代」の開幕を否定された女帝はその廉で清麻呂を、そして姉の広虫（法均）を罰した（あるいは罰せざるを得なかった）。まもなく身罷られた女帝はいかにも現世の希望を失った抜け殻のようであった印象が残る。女帝はあの時、「天平時代」の続きに何を見たかったのか？　それは崩御に立ち会った最側近、吉備由利（吉備真備の娘）にも明かされなかったが、女帝は道鏡に譲位後の世界に何かを求めていたはずである。

付き合わされた格好の藤原一族等廷臣たちは、女帝崩御後政務停滞の一切を法王道鏡の所為にした。つまり……主だった肉親を亡くした孤独な女帝は御仏に心の拠り所を求め出家したが、実は道鏡に誑かされていたのだと。これを「正論」として藤原一族は新帝に白壁王（光仁天皇）を擁立、女帝の後ろ盾を無くした道鏡は下野国に左遷され、道鏡の一派もいっせいに地方に飛ばされた。逆に清麻呂姉弟は召還・名誉回復され、山部王は新帝の皇子の一人として宿命的に政争の渦中に入って行った。

「清麻呂、朕は多くの身内を見殺しにしてきた。ここにきてそれを償わねばと思うようになった」

桓武帝は遠くを見るように顔を上げながら話を始めた。清麻呂は他戸親王（帝の異母弟）や早良親王（帝の同母弟）のことを思い返し、帝も怨霊を気にされるようになったのか……と意外な思いで聞いていた。

「殊に早良はさぞ朕を怨んでいよう。唯一の実弟だったのに……すまぬことをした」

帝からこのような殊勝な、あるいは弱気な言葉が発せられるのを清麻呂は初めて聞いた。

白壁王の庶子早良親王はかつて南都東大寺の高僧となっていたが兄・山部王即位の折、上皇となった父の意向で還俗し、立太子された。当時兄・桓武天皇には幼子しかおらず、政権安定を期して先帝が彼を皇太子の位置に置いたのである。出家していたから子がいないことも好都合だった。親王自身も自分の立場は良く分かっており、兄・桓武帝の嗣子である安殿親王(あでのみこ)に玉座を継がせるつもりだった。が、権力闘争に巻き込まれ、藤原種継暗殺事件に連座する羽目になる……

しかし桓武帝は実弟早良を救済しなかった。早良は獄中で餓死したのである。

この結果安殿親王が皇太子に立てられたのだが、まもなく桓武帝の周りで不幸が続く……帝の母・高野新笠、皇后藤原乙牟漏(おとむろ)らが相次いで亡くなり、皇太子安殿親王も発病。世上では早良親王の祟りと噂されたが桓武帝は敢えてこれを無視した……ただ、清麻呂の建議に従い長岡京造営は中止し、今の平安京を新たに求めたのだった。

「今から早良親王に帝位を授けたい、諡(おくりな)を考えてくれぬか」

桓武帝は清麻呂にこう持ちかけた。それは善い事、是非、と清麻呂は賛同して請け合う。帝もほっとしたような安堵の表情を浮かべた。そして話を続けた。

「それから清麻呂、一度聞いておきたかったことがある」

「……は」

「神護景雲三年道鏡事件の折、そちの働きはこの上もなく大きかった。あの時そちの奉答次第では道鏡が玉座に就き、神武このかたの血統は途絶えておったであろう」

清麻呂は黙って平伏した。

「にも拘らずそちは罰せられた。姉法均も」

「……もとより覚悟の上でございました」

「何故だ。その真相が知りたい……今日そちを召し出したのはそのことよ。本当のところを教えてくれぬか」

虫の知らせというのか、ここに来て桓武帝は余力のある今のうちに過去の懸案を全て片付けておかねば……との衝動に駆られていたのだった。

桓武帝は言葉を続けた。

「女帝は才色ともに優れ気性も強いお方だった。が、やはり生身の女人……道鏡と夫婦であられたことは疑う余地がなかったと思うが清麻呂はいかに思うか?」

「……わかりませぬ……と申しておきまする。皇統の品位に関わることゆえ」

「……ということはそちも朕と同じ見立てなのだな? まあよい。ところでそちの姉……法均は息災であるか? 彼女にも女帝のことを尋ねてみたいものだが……ずっと高雄に籠もっておるのか」

法均（広虫）と清麻呂は幼い頃から仲の良い姉弟として有名であったが、二人ともとうに還暦を過ぎ、姉の方は古希を迎えようとしていた。女帝の時代、多くの孤児を引き取って養育した法均だが、子供達もそれぞれ成人して一人（定均という尼）を残して巣立っていた。子供達を出世させた法均は新都の北西、戌亥（いぬい）の擁壁たる愛宕山系に清麻呂に協力して氏寺を建て、仏教を拠り所とした隠居生活を送っていたのである。

今年清麻呂は病を得、夏頃から姉のいる高雄山寺に逗留していたが、体の衰えは徐々に進み都に降りることも段々少なくなっていた。

「速やかに姉に会い、帝のご意向を伝えまする」

清麻呂は取り繕うように桓武帝に奉答した。

帝は苦笑して
「……急がずともよい、体を愛おしむよう伝えてくれ」

と法均を気遣った上で話を戻した。

「……なぜ女帝はそち達姉弟を罰したのか？」

少し間を置いて清麻呂は返答した。

「……女帝の御意向に背いたからでございましょう。女帝が退位を望んでおられたことは姉法均から聞いておりました……宇佐八幡の神託を奉答した時、私を見据えておられた女帝の射るような眼は今でもよく覚えております」

「いや、そちのしたことは正しい。女帝をも救ったのだ、道鏡から。……しかし、そちを宇佐八幡へ遣わしたのは法均の献策よな？」

「左様にございます……本来女帝は姉を遣わすお積もりでしたが、何分宇佐は西海の遠国、やはり女の足では危ういということで私が名代として立てられたのでございます」

「うむ、そうであったな。その時法均はそちに何か言い含めた……そうであろう？」

「は、この役目の重みにつきまして……」

「うむ、このところ新しいことはよく忘れるのだが、あの時のことはよく覚えている……法均は女帝の真意をそちに伝えたであろう？」

桓武帝は昔の記憶を掘り起こして清麻呂に問い質す風であった。女帝が亡くなられて久しい今、真実を語るに憚られる事情は既にない。だが清麻呂はこの件に関しては極力語ることを避けてきた。それは彼なりの女帝に対する敬意からであった。

「……確かに姉から女帝の真意を承りました。しかし私は、女帝のご意向に沿うことはできませんでした……お分かり頂けましょう」

やはりそうだったか……桓武帝には改めて得心するものがあった。自ら創案した遷都という大事業の最中にある帝ですら、ふと皇位を譲って楽になりたいと思う時がある。そんな時は気晴らしに行幸したり、新しい刺激を女体に求めたり（「英雄色を好む」とは桓武帝にも当てはまる真理であった）……だがいよいよとなれば皇太子安殿親王がいる。それに比べ皇太子のいない女帝の場合、本人がその地位に倦んだとしても、そもそも退位はできない。見方によれば人身御供である。桓武帝はつらつら考えた後つぶやいた。

「……やはり道鏡しかいなかったか……」

女帝の最初の即位以来彼女を支えた藤原仲麻呂は弓削道鏡という新手の政敵（恋敵でもあったのだろう）との争いに敗れ去った。詳しく述べると、一旦譲位していた女帝（孝謙上皇）と看病僧道鏡の関係が不適切であると諫めた淳仁天皇（仲麻呂の傀儡）が上皇に敵視されたことが発端となる。孝謙上皇は詔してあからさまに淳仁天皇を糾弾し、仲麻呂派の少僧都慈訓を解任し後釜に道鏡を据えた。さらに仲麻呂によって左遷されていた吉備真備を朝廷に呼び戻すなど反仲麻呂の人事を明確に示したことで、遂に仲麻呂は天平宝字八年（七六四年）軍事クーデターを起こすに至る（藤原仲麻呂の乱）。

上皇は吉備真備や藤原氏の北家式家らを動員して仲麻呂を押さえ込み、敗走した仲麻呂一族を近江で殲滅した。その際上皇は淳仁帝を廃し、自ら重祚して称徳天皇となった後道鏡を法王にまで取り立て、その係累も含めて重用した……。

以上が歴史的事実である。事実という意味では、女帝と道鏡が「不適切な」関係であったと断定はできない。両人は思想信条を同じくする、ストイックな同志関係だったのかもしれないのだ。しかし当時朝廷に参内する誰もが両人の「夫婦関係」を暗黙の前提とし、女帝の言葉は道鏡の言葉、道鏡の言葉は女帝の言葉と受け取った。そんな中女帝の廃立を目論む動き（県犬養姉女（あがたいぬかいあねめ）の呪詛事件など）も数件あり、子の無い女帝は自身の後継問題に直面していたのである。若き日の桓武帝（山部王）や清麻呂はそうした朝廷の混乱を目の当たりにした。


「……女帝一人に関して申せば、あの時二度目の譲位さえ叶えば普通の女人として幸ある余生を送られたかもしれぬな」

　桓武帝は感に堪えぬようにつぶやいた。女帝を哀れむ様子であった。

「……そうじゃ清麻呂、宇佐八幡の話をもう一度聞かせてくれぬか」

　帝は不意に話題を転じた。渡来人の血を引く生母を持つ桓武帝は旅の話が好きであった上、各地を行幸した帝も筑紫はついぞ行ったことがなかっただけに強い興味があった。ことに豊後国宇佐神宮は、仏教伝来以降神仏習合のメッカであり、平城京の大仏開眼に八幡大神が奉賛して以来その社格は伊勢神宮と並び称されていたのだ（豊後の神仏習合はやがて「八幡大菩薩」を生み、現在でも国東半島には独自の仏教遺構が多く残っている）。清麻呂は桓武帝の求めに応じ、久々に記憶をたどりつつ神護景雲三年（七六九年）初秋の旅行記を語ることにした。

二　宇佐八幡宮にて

難波津に　咲くや此の花　冬ごもり
今は春べと　咲くや此の花　（王仁）

帝もご存知の通り難波津は淀川、木津川の河口に当たり、やや浅い港湾でございます。川が運んで来る土砂が年々湾を埋めて行くので、湾内に澪（みお）が掘られ幾筋かの澪標（みおつくし）が大船に沖までの進路を示しておりました。

豊後の宇佐八幡宮に参拝して神託を受けて持ち帰れ、との女帝の命を受けた私は勅使として平城京を発ちました。神護景雲三年季節は立秋（旧暦七月上旬）の頃、伊香留（いかる）という若い従者を案内役に生駒山の暗（くらがり）峠を越え、まずは出港地である摂津国難波津に赴いたのでございます。

筑紫へ向かう船を待っておりますと、法王の実弟である大納言弓削浄人（きよひと）が後を追って参りました。兄・道鏡の名代とのことで餞別の口上を述べられた後、無事吉報をもたらせば位階官職は相応に上るであろう、と露骨な申し入れをしてきました。

目指す豊後国まで二〇日ほどの船旅、筑紫隼人（はやと）出身の伊香留は何やら血が騒ぐのか楽しげでありました。風の強弱によって船の進度が左右される正に風任せの旅、思案を巡らせる時間はいくらでもございました、姉・法均に言い含められた言葉について……。

平城宮の東、光明皇后ゆかりの法華寺の一角に庵（いおり）を結んでいた姉は、出立前私を庵に招きました。そして、女帝の真意を教えてくれたのでございます。つまり女帝が望んでおられる奉答はこうである……

と。この度の騒ぎの発端である大宰府の主神（かんづかさ）阿曽麻呂の奏上も、実は女帝の意を忖度した芝居であると姉は申しました。つまり女帝は退位をお望みである、となれば跡目は法王しかいないと。何故法王なのかについてさらに姉は申しました。女帝は天武天皇の血を引く最後の存在、自分の後継はもはや天智天皇系それも老人しかいない、それならいっそ最も心の通う道鏡に譲位して共に王道楽土を築こうと夢見ておられる……しかし藤原一族はこの思いを阻止せんと汝（なんじ）にすり寄って来よう、それは取り合わぬように……と。

もうひとつ重要な話としましては、都を発つ前日、路真人豊永（みちのまひととよなが）という道鏡修行時代の先達だった老学者が私の所に来られ「道鏡がもし皇位に就いたら、自分は到底その臣下にとどまることはできない。子らと共に伯夷の如く食を絶ち、死すのみである！」と訴えたのでございます。恐らく大勢の声を代弁したものだったのでございましょう。

風吹けば　風吹くままに　港よしと
百舟千舟（ももぶねちぶね）うちつどいつつ

難波津を出港ののち、鳴尾、大輪田、須磨、明石……数日は順調に浜伝いに西へ下りました。五日目はあいにく雨模様でございましたが、この日船は備前国牛窓に寄港致しました。神功皇后が牛鬼に遭遇したという言い伝えから牛窓という地名が付いた所で、我ら和気氏にとっても縁深い港でございます。

姉が連絡してくれていたようで、藤野郷より八幡大神への御供え物を携えて叔父が来ておりました。米などの作柄はじめ郷里の近況を懐かしく聞いた後叔父が申しますには、大変な役目だがどうか正しい神託を持ち帰り帝への忠義を尽くすように云々。このたびは我ら和気一族の命運が懸かっているという重責も改めて自覚させられたことでございます。

風にも恵まれ、八日目には備後鞆の津に至りました。瀬戸内を往来する舟はここで潮待ちを致しますので私も陸へ上がりますと、藤原式家の雄田麻呂（おだまろ）が先回りして来ておりました。そう、のちに百川（ももかわ）と改名し帝の立太子の立役者となった雄田麻呂が都から早馬で私に面会に来ていたのでございます。雄田麻呂は藤野の叔父以上の御供え物を人夫付きで献上してきました。これはやむなく預かりましたが、私は姉の言い付けを守る積もりで淡々としておりました。ところが雄田麻呂は神託については直接の要望は言わず、ただ世の行く末はひとえに貴殿の良心に懸かっている、とだけ手を握り締めて言われたのが却って印象に残っております。

豊後水道へ向かって流れる引き潮に乗って船は更に西下し、途中伊予の大三島多々良海峡を通りました。大三島には百済からの渡来神大山積神（おおやまづみのかみ）が祀られており、海路の安全も司ると承知しておりました故、船内から島に向かって皆で遥拝したものでございます。

一五日目、最後の寄港地周防上関に停泊し、関所役人の査察を受けました。既に我々のことは大宰府から通達があったようで、役人は勅使ご苦労様でございますと丁重な態度で接してくれました。もう筑紫は間近ですと伊香留が申しましたが、なるほど上関から二日で船は豊後竹田津に到着したのでございます。七月下旬、秋とは申せまだ日中は暑さの厳しい頃でございました。

かしこしや　八幡の神も　あらはれて
御言（みこと）たまいし　君がまごころ

竹田津には大宰府から主神習宜阿曽麻呂（かんづかさすげのあそまろ）が迎えにきておりました。そもそも阿曽麻呂の奏上した「道鏡を皇位に即(つ)けよ」との宇佐八幡大神の御神意を確かめるために勅使として私が遣わされたのですから、彼が私を出迎えたのはむしろ当然でございましょう。阿曽麻呂が何を言うか私は注意しておりました。彼はまず女帝に対する賀詞を述べ、次に私をねぎらい、宇佐までの路程について説明した後宿所まで先導し始めたのでございます。そこで私は道々阿曽麻呂に宇佐八幡宮の由来と、この度のお告げが女帝に奏上された経緯を尋ねました……もし姉の申した通りであれば、阿曽麻呂は忠実な女帝の僕(しもべ)に過ぎないことになります。道鏡の一派から接触がなかったのかどうか、それを知りたく思いました。

阿曽麻呂は宇佐八幡宮の由来について詳しく語ってくれました。曰く、かの神功皇后が三韓を征伐されて帰朝後まもなく御産みになった応神天皇こそ八幡大神の化身、応神天皇は一一一歳にして河内国で崩御されたがそれから二六一年後欽明天皇三二年豊後国宇佐に三歳の童子となって再出現された。その名を「誉田天皇広幡八幡麿(ほんだのすめらみことひろはたやはたまろ)」と申された……昨今宇佐ではこれを「八幡大菩薩」と唱えて神仏が習合されたそうでございますが……当時宇佐の国造(くにのみやつこ)はこれを「童子」出現以前の地主神である三柱の女神と併せて大元山（現在の宇佐八幡宮の東南約六キロ……筆者注）にお祀りした、これが宇佐八幡宮の由来である……と。

阿曽麻呂はさらに続けて曰く、やがて聖武天皇の御世となって只今の亀山に社地が遷(うつ)されたこと、大隅日向の隼人の反乱を鎮める時八幡神が神輿に召されて出陣したこと、この時の勝利以来朝廷は宇佐八幡宮をことのほか尊崇し、聖武天皇の招請に応じ天平勝宝元年（七四九年）神輿に召された八幡神は東大寺大仏開眼に神助を授けるため平城京に上ったこと、皇太子内親王（孝謙女帝）に譲位した後無事大仏開眼を達成した聖武上皇は返礼として宇佐に黄金を奉納し、平城京手向山に八幡神を勧請(かんじょう)したことなど……。宿所で従者伊香留が居眠りし始めた中、阿曽麻呂の物語りは深更に及びました。さすが大宰府の主神(かんづかさ)、所管する神々の由来には通じておりました。

最後に阿曽麻呂はこの度の神託について説明してくれたのですが、女帝からの要望の有無については触れませんでした。ただここで初めて聞きましたのは、神託を取り次いだ巫女(みこ)というのが宇佐八幡の巫女ではなく大宰帥(だざいのそつ)が選任した古い地主神の巫女であったことで、大宰帥といえば大納言弓削浄人が兼ねておりましたので私には思い当たるものがございました。やはり阿曽麻呂も道鏡の一派であろう……と。それゆえ私は八幡大神のみに長年仕えてきた巫女にも話を聞かねばと思いました。

　翌日、我々は阿曽麻呂の手配してくれた小舟に乗り換え、周防灘を右手に眺めつつ西へ数里、やがて寄藻川(よりも)という川を少し遡りやっと宇佐にたどり着いたのでございます。ちょうど小舟を繋いだ沼沢地帯はかつて神武東征の折、イワレヒコ一行が海の難所豊予海峡を通り抜けた後最初に逗留した聖地だそうでございます。その辺りには渡来人の血を引く霊能者が多く棲んでおりました。

　ここから寄藻川の支流を西へ遡った対岸に、私が神託を授かった仮本宮があったのですが、そこは大尾山(おおやま)という里山の山腹にある神秘的な所でした。その日私は沼沢地帯を探し歩き、宇佐八幡巫女の首領辛島勝乙目(からしまのすぐりおとめ)を見つけることが出来たのです。

　私は神託を持ち帰る勅命を受けましたが霊能者ではございません。馬は馬方と申します……実を申せばあの「我が国は開闢(かいびゃく)このかた君臣のこと定まれり、臣を以て君とする未だこれあらず。天つ日嗣(ひつぎ)は必ず皇緒を立てよ。無道の人はよろしく早く掃除(そうじょ)すべし」という神託は、乙目が受けた御神意でございます……ご承知下さいませ。

　私が乙目を大尾山の仮本宮に連れて来ますと、阿曽麻呂の顔色が変わりました。阿曽麻呂は、辛島氏の巫女は渡来系であり、この度は使うべきでないと根拠のない理屈を並べて私を咎めました。しかし私は伊香留に頼んで呼び寄せておりました隼人の武者数名に神前を警護させ、抗(あらが)う阿曽麻呂を締め出したのでございます。阿曽麻呂は「女帝に申し開きせねばならなくなりますぞ、只では済みませぬぞ！」と大声で捨て台詞を残して去って行きました。大宰府に帰って都の浄人に報告するつもりだったのでしょう。

その夜、伊香留たち隼人の武者衆が護る仮本宮に、乙目と私は余人を交えず参内し神前に額ずきました。乙目は数刻にわたって玉串を振りかざす祈祷と黙祷を繰り返しながら八幡大神の降臨をひたすら待ったのでございます。私も両手で笏（しゃく）を握り締めて祈りました。「大神の教える所、これ国家の大事なり、願わくば神意をお示しあれ」と。

夜半、おおっという乙目の大声がしました。迂闊にも意識を失っていた私はその声で眼が覚めたのですが、乙目が床に平伏して震えております。いかがなされたと声を掛けようとしたのですが何故か声が出ませんでした。と、その時乙目はにわかに起立し玉串を高く掲げながら太い声で神の御意向を口述したのでございます。それがあの奉答でございました。そう、あの、我が国は開闢このかた君臣のこと定まれり……天つ日嗣は必ず皇緒を立てよ……。確かに私は聞きました。続けて神は乙目の口を借りて曰く、一切経及び仏を写し造り一伽藍を建てられなば凶逆を一旦に除き社稷（しゃしょく）を万代に固めんと。……これに従い私はまず河内に、のちに山背（やましろ）高雄に氏寺を建てたのでございます。

さて八幡大神の御神意を確認したのち私は猛烈な目眩（めまい）に襲われました。ふと見ると乙目は死んだように床に倒れており、私もまた意識を失いました。ただ神殿の鏡にちょうど窓から差し込んだ月光が当たり、その反射でしょうか円い光が室内をおぼろげに照らしていたことを記憶しております。……この夜の出来事につきましては先頃完成した正史にも概略したためられてございますが、辛島勝乙目のことは伏せてございます、一切の責めは私が負わねばなりませぬ故……。

小鳥のさえずる声で眼が覚めた時は既に窓から暁光が差しておりました。私はこの御神意を帰朝して奉答することに何の迷いも感じなかった……神がきっとお守り下さると、確信できたのが今にして思えば不思議なことでございます。

以上が神護景雲三年初秋の宇佐八幡宮参拝のあらましでございます。帝、ご堪能頂けましたでしょうか？

三　高雄山寺にて

桓武帝は清麻呂の参拝物語を眼を閉じて聞いていた。そのまま眠ってしまったのかと思われたが聞き終えてからしばらくして眼を開け、是非文章にして後世に伝え残すようにと清麻呂に勧めた。が、清麻呂は正史である『続日本紀』が先頃三〇年以上の歳月を費やして完成したばかりであり今は時期がよくないと所感を述べた。帝も残念そうに頷いたが、数年の後には必ず書き残してくれと清麻呂に要請した。清麻呂は、恐らくできまいと直感したが、長年自分を引き立ててくれた桓武帝への忠義心から「必ず……」と約束をしたのだった。

桓武帝はさらに清麻呂に相談ごとをした。

「清麻呂、この次法均を訪ねる時、女帝の遺言が何かなかったか、それだけは聞いておいてくれぬか。いや、崩御の時のことではない、それならば吉備由利から全て聞いておる。法均でなければ知り得ぬ話が他にあるはずと朕（われ）は思うのだ……」

帝は話を続けた。

「清麻呂、朕は、この国がこののち女帝を戴くことはもうあるまいと思う……千代に亘ってな。まずは藤原一族が許すまい、道鏡との一件で懲りたであろうからな。仮に藤原一族が滅んだとしても、蘇我氏のあと藤原氏が出てきたように必ず次の重臣が出てくる。そして彼等の考えることは千代に変わるまい。……我が国は天照大神（あまてらすおおみかみ）以来何度も女帝を戴いてきた。それは神代にあっては男より女の方が神霊と通じ易かったからであろう。しかし神霊と通じる女は処女であらねばならなかった。そのしきたり故……いや他にも理由はあるが……かの推古女帝以来在位中男と通じた女帝はいなかった、最後の女帝を除いては！」

ここまで聞いて清麻呂は桓武帝の話を遮（さえぎ）った。

「帝、お言葉がちと過ぎまする……仰せの意もはや伝わりましてございます。女帝の最期のお気持ちについては私も知りとうございますれば、必ず姉法均に問い直しまする……」

「……清麻呂、誤解せぬようにな。朕はかの女帝を責めるつもりは毛頭ない。むしろ心から同情しているのだ。こののち彼女のような不自由な皇女を作ってはならぬと、そちも思わぬか？」

桓武帝の意向を充分に汲み取った清麻呂は、後日改めて奉答することを約束してこの日の参内を終えた。申の下刻になっていた。既に外は陽が傾き法均の棲む高雄山は薄暮の中にある。今宵は二条朱雀にある長男広世の邸（やしき）に泊まり、山には明日戻るとしよう……清麻呂は長男広世と大学（官僚養成所）の話もしたかった。新都平安京を成功させるためには、過去の清算と同時に未来への投資が欠かせないから、そして何より清麻呂には自分の命はそう長くはないという予感があったからである。

ちなみに清麻呂の長男広世は式部大丞（しきぶのだいじょう）つまり新都平安京の中枢たる大内裏の人事総務担当官であり、また大学別当として後進の教育を管轄した。父の清麻呂没後は私邸を「弘文院」という和気氏の私学校として開放するなど、清麻呂の遺志を継いで文化教育行政に業績を残している。

翌日、長男広世に見送られ、清麻呂は都を後にした。愛宕山系に向かう街道（現在の国道162号線）を戌亥（北西）の方角に二里ほど歩いていくと、やがて愛宕山系の山道となり鹿や猪が時折現れるようになる。その山道は途中から清滝川に沿い丹波を経て若狭まで通じているが、ちょうど清滝川と出合った辺りに法均尼の棲む氏寺高雄山寺が建てられていた。現在の真言宗高雄山神護寺である。古来この辺りは楓の木が多く、ちょうどこの時期は全山を彩る紅葉が見事であった。

清麻呂は街道を逸(そ)れて左手の谷へ降りた。谷底を流れる清滝川に架かる小橋を渡ると急な坂道の参道となる。この坂道はつづら折りに山腹の高台まで続いており（現在は三〇〇段余りの石段ができているが）、その高台に寺はあった。天応元年（七八一年）桓武帝の勅許により清麻呂が建立した和気氏の氏寺である。本尊は一木造の薬師如来（現在国宝）。創建以来姉の法均が小橋の袂(たもと)に庵を結んでいる。

「清麻呂様、お帰りなさいませ」

挨拶したのは水を汲みに清流に下りていた尼僧定均だった。元は孤児だが由緒ある家系の出らしく向学心があり、長じて仏門に入り長年法均に近侍している。

「定均、いつも精が出ることよ、痛み入る。姉上は？」

「はい、御本尊様のもとにいらっしゃいます。あそこが一番落ち着かれるご様子で……」

「左様か……ところで定均……我々亡き後、そなたはいかがする？」

定均尼は清麻呂の唐突な質問に驚いた様子だった。しかしそれは近い将来直面する現実でもあった。清麻呂に加え、姉の法均もここにきて病がちであり、本堂に屹立(きつりつ)する本尊薬師如来に平癒を祈る日々だったのである。

「いや唐突にすまぬ、定均……そなたには心底感謝している。この件はいずれ改めてな……」

定均は藤原仲麻呂の乱の折孤児となった八三人の一人で当時名を霰(あられ)といった。法均が引き取った時はまだ一〇歳だったが既に般若経を暗唱しており、孤児院の中でもその聡明さは際立っていたが自ずと法均に従って尼となった。法均には弟子に当たる尼は他にもいたが、みな旧都平城京の尼寺法華寺に留め、高雄まで同伴したのは定均一人だった。出家してはいてもやはり女人、尼がこの山奥で暮らすのは生易しいことではないからである。結果として今では定均は法均の信仰と日常生活一切を助ける肉親といってよかった。

清麻呂は坂道を登って本堂に向かった。当時の本堂は今の清麻呂霊廟の辺りにあり、本尊の薬師如来を安置して和気氏一門の祖先を祀り子孫の繁栄を祈願する礼拝の場であった。法均は一族の「祭主」として日々本堂に参籠していたのだが、父母親族の追善に加え亡き夫とかつて仕えた女帝の菩提を弔うことも欠かすことはなかった。

「姉上」

清麻呂は暗い堂内で灯明の光に照らされる姉法均に声を掛けた。

「おお、戻られたか清麻呂殿」

「はい、参籠中ご無礼致します。しかし寒くはありませぬか?」

「何、まだ立冬が来たばかり、今から寒いなどと言ってはおれません」

「……やはり今日も女帝の菩提を……」

「はい、弔わせて頂きました……」

法均はまだ広虫と名乗っていた少女の頃、当時女性皇太子として宮中の華であった内親王高野皇女に見出され、女帝となった彼女にあの道鏡事件まで二五年間に亘り重用された。弟清麻呂も職位を女帝から授かった。その女帝の御恩を忘れる訳にはいかない。二五年の間には結婚、夫葛木戸主(かつらぎのへぬし)との夫婦生活と死別、出家、多くの孤児たちとの出会いといった数々の思い出がある。子宝には恵まれなかったが、養育した多くの孤児たちはみなそれぞれに成人して巣立ち、折々に老いた養母法均を気遣い訪ねて来てくれるのが何よりの仏の御加護であろう……法均の日々の祈りにはそうした感謝の思いも籠もっていた。

　女帝が身罷られてから既に二八年が経ち、あの平城京の栄華も今は昔のこととなったが、法均には今も女帝の喜怒哀楽の全てが鮮やかな残像として脳裏にあった。女帝が一介の女人として思い悩んでいた内面も法均には見えていた。しかしあの道鏡事件の時、法均は女帝に非情な判断をせざるを得なかった。女帝の真意は分かっていた……が、弟清麻呂の「正論」には勝てなかった。清麻呂は命がけで皇統を守ろうとした、それを支持した私は女帝を裏切ったのだ……これが法均の思いであり、結果として女帝との永別につながった、それは今でも断腸の思いである。女帝の崩御に立ち会った唯一の女官吉備由利は、その顛末を詳しく法均に話してくれたが、当時女帝は、広虫がおれば……と何度も悔やんでいたという。世継ぎのことも含め、女帝は自身の遺言めいたことは何も遺さず身罷られたとのことであった。

　女帝崩御の報に接した朝臣たちは、ほとんど嬉々として衆議し善後策を講じた。まず世継ぎをめぐり藤原一族と長老吉備真備で意見が割れたが、やはり数に勝る藤原一族の意向通り天智系の白壁王が擁立され真備は引退。既に法王道鏡は下野国（しもつけのくに）に追われていたが、程なく女帝の後を追うように死去した。

　かくて政権を奪還した藤原一族の共通認識は「二度と女帝を立てるな」であった。男帝なら子種ある限り年齢制限なく同時多発的に子孫を儲けられ、皇統維持は容易である。藤原氏も光明子の如く娘を入内させ、皇室への影響力を高められる。しかるにこのたびの女帝ときたら……あわや皇統が絶たれ別の王朝が出来かねない危機をもたらしたではないか！

「姉上、昨日宮中に参内した折、帝より御下問がございました……」

　清麻呂は法均の斜め前に着座し、桓武帝に命じられた「女帝についての疑問解明」を果たすべくおもむろに話を始めた。……どこかで百舌鳥が鳴いている。朝晩は鹿の鳴き声も聞こえる時節であった。

「……姉上、もうこの国は女帝を戴くことはあるまいと帝は申されましたが……確かに百川たち藤原氏の処し方を見れば女帝が立つ余地はありますまい」

法均は目を閉じて聞いていた。

「高野の女帝（称徳天皇）は最後の女帝になるのでしょうか……女帝の遺言は本当に何もなかったのでしょうか、姉上？」

清麻呂が言い終わるとまた百舌鳥が鳴いた。

また冬が来るのだな、その先の春を我等は無事迎えられるだろうか……清麻呂は姉の言葉を待ちながらふと余計な連想をした。

「清麻呂殿……」

法均は眼を開けて語り始めた。

「西ノ京の歌垣の話をご存知でしょう？　われらはそれぞれ配流地にあったが、女帝亡きあと語り草となっていましたもの……」

「はい、女帝にとっては現世最後の晴れの日ではなかったでしょうか。その直後にお倒れになったやに伺っています」

「……吉備由利は、女帝は毒を盛られたと信じておった。あるいはそうかもしれぬ、遺言を残す暇もなく亡くなられたのだから。もちろん私も遺言めいたお話は伺ったことはない。しかし毒を盛られなくとも女帝は早く逝かれたでしょう。現世に絶望しておられたのだから……あの歌垣は女帝にしてみれば、はからずも現世最後の思い出を作る機会となったが、きっとお若い頃を思い出されて堪能されたのではなかろうか……いやそうであって欲しい、せめて……」

法均はそこで声を詰まらせた。清麻呂にも姉の心境は痛いほど伝わっていたので、彼もその場ではただ女帝を偲んで黙祷を捧げた。百舌鳥ももう鳴いていなかった。

ややあって、法均は言葉を継いだ。

「神代の頃は男女の関わりももっとおおらかでした。歌垣というのはその名残でしょうし、女も今より輝いていたでありましょう。けれど律令国家などと難しい時代になり、朝廷での政争も益々激しくなりました。それゆえこの国には今上帝（いまのみかど）の如く文武に長けた英邁な帝が必要……」

「御意にございます」

「となれば、帝はわれら女よりやはり男がよいでしょう。女は世継ぎを産む役目……清麻呂殿、日の本にこの先再び女帝が立つことありやなしやとのことならば……男がなくならぬ限りもはやあるまい。皇室に男がいなくなる世が来ることはあり得ぬ故……」

再び百舌鳥が鳴くのが聞こえた。まるで人間の会話に合いの手を入れているようにも聞こえる。清麻呂が口を挟んだ。

「姉上、千年の後もし皇室に男の世継ぎが絶えることがあれば……もしそのような事態が生じますれば何とされます？」

法均は少し考えてから答えた。

「清麻呂殿、男大迹王（をほどのおおきみ）をご存知であろう？」

「……継体天皇のことですね……」

「そうです。継体、という諡（おくりな）の字からも分かるが、男大迹王が即位される直前、皇室の男子は絶えてしまわれた。男大迹王は応神天皇の子孫と言われていますが、当時の皇室から見ればかなり血は遠い。しかも大和からはるか遠い越前の王に過ぎなかった……見方によっては別の王朝に代わられたとすら言えましょう。清麻呂殿、ここまで世継ぎの枠を広げておけば皇室の男が絶えても心配は要らぬでありましょう」

清麻呂は黙って聞いていた。……確かにあくまでも男系にこだわれば継体天皇の例に倣えばよい、しかし時代の違いも考慮せねばならぬ、日の本が律令国家としてほぼ統一された今、一旦臣籍となった縁者の皇位継承が人々に認められるだろうか？

「姉上、その場合でももし皇室に優れた皇女があれば、女帝に立てるべきではありますまいか？　勿論本人の御意思が伴えば、ですが」

「……高野さま（孝謙女帝）のようにさせてはなるまい？」

「はい、ですから独身でなくてもよいという制度を設けるのです……これには当然反論がありましょう。故に女帝の夫たるには相応の条件が求められます。まずは、皇室の縁戚であること……男大迹王などはこの範疇にありましょう」

「お子ができたら？」

「……その時いまだほかに男子皇族がおられぬなら、立太子すべきでしょう」

「女子しかできなければ？」

「既に女帝を認めている以上、長子継承で問題ありますまい、氷高皇女（元正女帝）の先例もあります」

「……なるほど……しかし藤原氏がいる限り無理でしょうね」

「はい、これは恐らく千年先の話……それまでは藤原氏が上手に皇室を支えてくれましょう、藤原氏がもし衰えても必ず次の実力者一族が出てきます、彼らは男系が絶えぬよううまく皇室との関係を築くはず、しかし千年先まではわかりませぬ……我々の思い及ばぬ世の中になっておるやもしれませぬ故」

どこかで鹿の鳴き声がした。いつのまにか夕刻が近付いていたのだ。老男女となった姉と弟は仲良く合掌して薬師如来に祈り、この日の参籠を終えた。堂の外へ出ると紅葉真っ盛りの楓の木々に夕日が映え、高雄の山並はまさに一幅の錦絵であった。夕日を拝みながら姉は弟に独り言のようにつぶやいた。

「この国の民が心から祝える女帝が、いつの日か再び現れるとすれば……きっと高野皇女が、天平の女帝がお守り下さるに違いない……ご自身の叶わなかった理想を再現されるためにも……」

この翌年（延暦一八年）一月、法均こと和気広虫は七〇歳で世を去る。最後まで仲の良い姉弟らしく翌二月二一日、清麻呂こと民部卿兼造宮大夫・美作備前国造和気朝臣清麻呂没す。享年六七歳。ただちに桓武天皇より正三位を追贈された。

清麻呂は高雄山寺（神護寺）に葬られたが、のち幕末期に孝明天皇により神号「護王大明神」と神階「正一位」を追贈され、維新後明治一九年には御所蛤御門前に別格官幣社「護王神社」が広虫、清麻呂姉弟を祭神として創建された。「和気清麻呂」を「千年の都」京都の「生みの親」として崇敬すべきことを明治国家として改めて示したものである。尚、序でも触れたが姉弟の故郷である岡山県和気町藤野の和氣神社にも広虫、清麻呂姉弟は仲良く鎮座まします。

筆者は郷土の「偉人」和気清麻呂の再評価を期して本稿を起稿したのだが、はからずも「平成」の終わりを迎え改めて「天皇制」の行く末が話題となるであろう今日、千年以上昔「天皇制」の危機を救った清麻呂とその姉広虫が現在の皇室を見たら何と言うだろうか、と想像せずにはいられなかった。そして彼等に感情移入を試みた筆者は、やはりどうしても古代日本の「輝ける女帝」への憧憬（と言ってよいだろう）を禁じえなかった。謹んで読者諸兄の叱咤を待つ所存である。

（自作解題）


本書は「平成」から「令和」への御代替わりを寿ぐ思いで記念出版した自作小説集である。

特に表題作『慶長三年醍醐寺の夜』は、スタート時点で「令和」最初となるNHK大河ドラマ主人公の「明智光秀」を題材とした。ただ副題に記した様に『太閤夜話』と銘打つ連作短編中の一作でもある。そもそもこの『太閤夜話』は言うまでもなく晩年の豊臣秀吉を主役に据えた連作会話劇だが、内容的には極力「岡山」に関わる人物や歴史事象を題材とすることに努めた。とは言うものの「明智光秀」を扱った表題作は冒頭の「藤戸石」で辛うじて「岡山」に絡めただけとなった。この作品だけは時節柄全国的な話題に便乗させて頂くことで全国の読者に「寄り添った」次第である。

以下簡単に本書中の作品を解題する。


『太閤夜話――清水宗治の巻』は平成三十年度の「内田百閒文学賞」（岡山県郷土文化財団主催）応募作品として書いた。丁度初夏の頃で正に秀吉の備中高松城水攻めの時節に書き上げたのを覚えている。読み返してみると、内容的には〝悲運の義将〟清水宗治の辞世についての異説（出典…多田土喜夫『備中高松城主清水宗治の戦略』吉備人出版）を紹介した以外目新しいものはない。各種「太閤記」に欠かせぬ〝名脇役〟清水宗治の活躍に期待して読まれた郷土の宗治ファンには少々肩透かしを喰らわせたか？敵将豊臣秀吉を中心とした賑やかな会話劇として工夫したが、やはり受賞には至らなかった。

しかし私はこの執筆を機に会話劇という手法に関心を持つとともに、改めて「豊臣秀吉」の晩節に興味を持った。これが後の二作をものした動機になっている。

『太閤夜話――日奥上人の巻』は同じく平成三十年度の岡山ペンクラブ同人誌『岡山人じゃが』（九月刊行）に寄稿した作品。「日奥上人」と言っても一般の（宗門関係者以外の）人はご存知ないかと思うが、「日蓮宗不受不施派」と言えば歴史ファンなら聞いたことはあるだろう。

近世の〝邪宗門〟日蓮宗不受不施派については、立正大学など日蓮宗関係機関の他林屋辰三郎ら史学界重鎮による研究書がある。本文でも触れたが岡山にはこの宗派の史料が多く残っており、岡山ペンクラブ同人による研究書もある。ただこの宗派を扱った小説は寡聞にして知らない。腰を据えてペンを執れば、遠藤周作の名作『沈黙』（長崎の隠れキリシタンが題材）に匹敵する大作が書けるはずである（かなりの勉強が必要だが）。

ここではキリシタンを厳しく禁じた秀吉が、日蓮宗不受不施派にはなぜか比較的寛容であった史実を当時の雰囲気を想像しながら紹介した。

表題作『慶長三年醍醐寺の夜（太閤夜話――明智光秀の巻）』は、冒頭述べた通り次のＮＨＫ大河ドラマ主人公という全国的な話題に便乗して最近（平成三十一年春）書いた作品である。内容的には先の『清水宗治の巻』でも前提としている「本能寺の変」に関する通説に対し、強烈なアンチテーゼ（新説）をぶつけた作品でもある（光秀の子孫とされる明智憲三郎氏の新説に依ったものだが、もちろん真実は誰にも分からない）。

ともすれば「逆臣」として日陰に置かれがちの明智光秀だが、これは江戸期に出た各種『太閤記』の姿勢に負うところが大きい。しかし光秀ゆかりの地である近江坂本や丹波の亀岡（旧亀山）、福知山などに行けば「名君」として慕われてきた光秀を知ることができる（福知山では神として祀（まつ）られている）。出身地の岐阜県にも各地に明智光秀を顕彰する墓碑と伝説がいくつか残っており、筆者も本稿を墓前に〝お供え〟すべく岐阜にも参拝した次第である。

これだけ人望のある明智光秀だが、ならば何故「本能寺の変」を起こしたのか?今度の大河ドラマでそこはどう描かれるか?歴史ファンならずとも興味が尽きないところであろう。明智光秀に関しては前半生（越前朝倉家に仕えるまで）の史料がほぼ皆無なのだが、そんな中で戦後の光秀研究において國學院大學の高柳光寿(みつとし)と桑田忠親(ただちか)の両巨頭が権威となった。それぞれ「光秀野望説」と「光秀怨恨説」（或いは「光秀義憤説」）の旗頭と目(もく)されるが、明智憲三郎氏によれば両巨頭の説く「光秀」は江戸時代の創作書『明智軍記』で定説化された〝逆臣光秀伝〟の枠組から脱していないとのこと。『明智軍記』の「定説」は司馬遼太郎や堺屋太一ら大作家にも踏襲されてきた。

一方「光秀」について文芸作品化するとなれば結局書き手の想像力に頼らざるを得ず、俄然歴史作家の出番となるはずだが、「信長」や「秀吉」に比べて「光秀」に光を当てた文芸作品はやはり少ない。井上靖や藤沢周平に光秀を題材にした短編があるが、個人的には中山義秀の佳作『咲庵(しょうあん)』（講談社文庫、「咲庵」は光秀の雅号）が印象深かった。

昨今はNHKが大河ドラマに採用しただけあっていわゆるエンタメ小説や劇画の主役として明智光秀は盛んに採り上げられている（桐野作人『反・太閤記　光秀覇王伝』など）。私もこの流れにあやかりたい、と思った一人だ。だから今回は触れなかったが、本稿は俗説「光秀＝天海僧正説」を打ち出す続編に繋がる含みも持たせている（家康と絡めればエンタメ小説としては面白いだろう）。

最後の『清麻呂公昔日譚(たん)』は一連の「太閤」シリーズではないが、このたびの「御代替わり」にちなんで添えた。私の住んでいる岡山県和気町の生んだ偉人和気清麻呂を扱った入門的短編で、やはり平成三十年の年頭に書き上げ岡山県内では既に公開している。終章で主人公姉弟が会話する中に皇位継承問題を絡め、現政府への皮肉を込めたので皇位男系論者からは睨まれたりもした（私には清麻呂ならこう言うだろう…と思えるのだが）。

新しい天皇をお迎えし、皇位継承権者は三人となった。しかし次世代の方はたったお一人である。日本国及び日本国民にとってこれ以上の国難はない。今まさに、本稿の清麻呂の様に勇気を持って日本人各々が正しい（と思うところの）「天皇論」を訴えるべき時と信じ、この作品を今回再掲した。

本書の出版に際しては創文社長尾研一社長に御尽力頂いた。又、表紙の絵画は和気町在住の画家青木毅先生の作品。青木先生には表紙の他、作品ごとに印象深い挿絵をご提供頂いた（尚、面のイラストは吾子の手書き）。その他御世話になった皆様に、末筆ながら紙面を借りて御礼申し上げたい。

今西宏康

令和元年五月

護王神社の清麻呂像

著者略歴

今西　宏康（いまにし・ひろやす）

昭和39年兵庫県神戸市生まれ。昭和58年岡山県立岡山大安寺高等学校卒業。平成元年筑波大学社会学類卒業。新日本製鐵入社。平成7年岡山に帰郷。卸センターにて伯父・父の事業に参画。平成19年今西農園開設。平成29年合同会社オフィスイマニシ設立。岡山県和気郡和気町在住。

著書に『恕の人　犬養毅』（吉備人出版）がある。

慶長三年醍醐寺の夜
（太閤夜話－明智光秀の巻）

令和元年６月２日　初版第１刷発行

著　　者　今西宏康
発 行 者　合同会社オフィスイマニシ
　　　　　〒709-0951
　　　　　岡山市北区田中106-101（販売部）
　　　　　TEL.086-244-0010
価　　格　780円＋税
印刷・製本　株式会社創文社

乱丁・落丁本はお取り替えいたします。

ISBN978-4-9910908-0-6 C0093 \780E